山河故人

闫振田 著

华龄出版社
HUALING PRESS

有 态 度 的 阅 读

小马过河（天津）文化传播有限公司

代序

从内心希冀爱能流淌

陈思呈

一连几天，有空时我就会打开闫叔叔的书稿《山河故人》看起来。慢慢地，我在内心开始亲近那淮河边上的一个个人物，是从不认识的人，却毫不陌生：拉车伙伴王凤起、摇船船夫大老潘、做老雁馍的王大伯、开猪案子的谢大娘……还有雪天来学校看望他的父亲、会讲故事的母亲。大雪封门的时候，母亲就把火盆点燃，一边纳鞋底一边给一家人讲故事，而父亲则拿出秋天晒的鱼干，放在火钳上烤。

我是坐在地铁上看这些书稿的。地铁摇晃着，时空变得有点儿虚幻，常坐的地铁在坑口和西塱这两个站是行驶在路面的，这里已经有了郊区的气息。

不知为什么眼睛刚离开书稿的我产生了幻觉，幻想车窗外就是那片河滩，五六十年前的淮河水，从河南桐柏山流来，流到颍上县。淮河边的柳林、河滩上有各种野菜，马兰头、鸡骨爪、灯笼棵、小米子菜，他就是在挖野菜时碰到王凤起的，“他二话不说，把挖的野菜全部倒在我的筐里”；还有产卵的甲鱼，还有柳绵蛾，河水里有各种小鱼，窜条子、麻鞭子、麻姑妞子，“一个早晨就能捞上三四斤”。而此时正是清明前后，那么，河坝上正开满做中药的蒲公英，开中药铺的父亲带他到河滩上来采集。

闫叔叔是我的好友闫红的父亲。对于父辈的文字，在阅读之前，我既有珍视也有轻视，珍视是这些文字都是从漫长岁月中凝结和萃取出来的，它们的分量远非我们所写的能比拟；轻视是因为作者毕竟不再是壮年，我轻浮地认为，单纯就写作这个动作而言，壮年的写作才有磅礴的感染力。

但通过这几天的阅读，让我再一次羞愧于自己的轻浮，这本字数不多的书稿，感染力非常强。这种感染力正是来源于作者内心对爱的渴望，那是一个人生命中本真的底色，在写作中，自然而然地流淌出来，这种感染力是很难被复述的。

在闫叔叔的笔下，最让我动容的就是，他的心里记住了无数小人物的善良和温情。这些小人物都是五六十年前的遇见，那五六十年前的事件，在作者心里捂了又捂，写出来的时候，带着心灵的暖热。

写那个长得像绿林好汉却有一副菩萨心肠的船夫大老潘，一次次地开船载他过河却不收钱——“我兜里没有钱。”我嗫嚅着。“没有钱就不过河了？”他伸手一把将我拽上了船。我心里很感激，向他致谢。他不领情地说："谢个啥，不收你的船钱也穷不了我。"

写那个是因为自己的孩子夭折了，所以格外疼爱孩子们的谢大娘——街坊邻里的孩子们围着看热闹，看她逮猪、把猪放倒、捅刀子、吹气、煺毛、开膛、翻猪肠子……孩子们围在周围，碍手碍脚，可她从来不嫌烦。她忙过一阵子，腾出空来，把手往围裙上蹭蹭，摸摸这个孩子的头，捏捏那个孩子的脸蛋，一脸的笑容。

写那个剃头师傅王大伯——孩子们一看到剃头工具是剪子、刀都很害怕，王大伯就拿出杠子糖说，撅成两截，看谁的杠子糖截面上的孔眼粗，粗者为赢。"撅的结果，是我输了。只好颤抖着让他理发"。

还有一个开饭店的也是王大伯，这个王大伯是这样救火的——凭借着我家门前的柳树，"噌"地一下窜上了房顶。他举起抓钩，猛刨房草与房箔，切断火路，烟火呛得他剧烈地咳嗽，但他仍狠劲地刨。大火终于截断了，我家和西边相邻的房子全都保住了。

写他的姥姥——父亲去接她到我们家一起过日子，她死活不肯。她唯一的理由是自己“命独”，靠山山倒，靠水水干。她认为姥爷去世，是她“命独”所致；她一辈子没有儿子，也是因为“命独”。她怕到我们家来会“妨”着（即危害的意思）我们一家人，尤其是孩子。

叙述这些故事和人物，闫叔叔的写作手法非常平静，既有优雅的古意，也常间插当地的口语，使这些故事和人物更加鲜活。淮河边上的日常用语确实很古雅，大水退了写作“水罢后”，集市结束写作“罢了集”，还有那些谚语，也有着闪光的智慧。我尤其难忘的有两句。

一句是“一个人头上一颗露水珠，干啥不能活一辈子”；一句是“上人有德，下人有路”，两句话都是父亲说的，出现在书中不同的篇章。

这位父亲是经历过那么多苦难的人，却平静地说出这两句话，这是因为他的所行所事，正是按这两句话来做的。所以，他是把这两句话咀嚼了千百万遍，知行合一，才能说得那么平静，这也正是这两句话在文章中格外动人的原因，因为在这两句话出现的前后，都有着并不平静的故事。

闫叔叔所写的苦难，有很多细节，比如：“1960年大年初一的早晨，十三岁的我端着一个瓦盆到食堂打饭，炊事员终于掀开了锅盖，一股苦涩的蒿子汤味弥漫过来，上面漂着几节胡萝卜，一粒粮食也没有。我眼巴巴地望着那几节胡萝卜。那几节胡萝卜让今夜的我暗暗决心，要更珍惜粮食。”

我曾只见过闫叔叔一面。那是在2013年的冬天，我带着孩子，来到阜阳闫红的娘家，想看看她从小生活的地方，看看她常常提及的父母。闫叔叔长得正如闫红所说，英俊得异乎常人，尽管年纪大了，但年纪却让他的英俊更加温和。他对待我和小宝不但慈爱亲切，我要说，还有犀利的观察。如今我想，那正是一个作家的敏感。

那一次，他说到我和闫红的相似之处，就是笑起来都很纯朴。我一直非常喜欢这个评价，在所有的赞誉中，没有什么比纯朴更好，因为纯朴才能让一个人去芜存菁地生活，找到和留下珍贵的东西。纯朴保存了精力，纯朴也能使创造力更有底气。

当仔细把闫叔叔的书稿通读完毕后，我感到自己对他的这句评价有了更多的心得，一方面，我更能感受到他的观察力；另一方面，我也对他有了一种迟到的相知，我意识到他的心灵质地，也是同样的纯朴和温暖，富于力量，只有这样的心灵才写得出这样的文字。

闫红经常和我聊到她的父母。我非常喜欢倾听，同时我也非常喜欢二老。相比之下，我对闫红的妈妈更熟悉一点儿，接触也更多一些，她有着豁达天真的天性，毫不伪装的乐观，一种清澈的心境，虽然是长辈，但我却觉得她是个少女，甚至会用疼惜一个少女那样的心情去思量她。这可能也是闫红的叙述带给我的移情。而闫红讲到父亲的时候，则让我感到，闫叔叔是一个能与我成为好友的同辈，尤其当闫红说到，父亲当年送她去复旦大学读书时，在挤满了人的火车车厢中，却大谈王蒙、王安忆，这样的情景我总觉得我非常适合在场。

是的，这里我要说到闫叔叔送闫红去复旦大学读书这件事。我记得是十五年前闫红在电话中和我说到这件事，她是这么说的："高二的时候我决定不再上学了，就和我爸说了我不想再上学，我爸并没有很意外。”记得当时我为她的表述、为闫叔叔没有很意外而感到很意外。接下去的事情闫红讲过很多次，就是她爸爸为她在复旦作家班报名学习。

我和闫红同龄，那应该是 20 世纪 90 年代初的事情，当时的火车是个什么样的情形，大学宿舍又是什么情形，就业形式和十六岁偏科少女的心态是什么情形，我都感同身受。闫叔叔的决定，不仅仅是出于父爱，更多的是出于他自己的价值观，他有天然的智慧，去相信自己的孩子，相信他们的天赋和命运，因为他自己也是这样过来的，而他的两个孩子，也都没有辜负他。

写到这里，我又想起闫叔叔另一件让我难以忘怀的事情。他的儿子，也就是闫红的弟弟大宇——是的，我也认识，我也非常喜欢大宇，他是一名摄影家。从小，他就为人慷慨大方，在大家普遍不富裕的上世纪八九十年代，慷慨这种品质，很难被一般的父母由衷欣赏，但闫叔叔却说："这是一个优点，能为你带来朋友。"他鼓励大宇，并尽自己的全力去鼓励。

闫红在复旦作家班上学一年半之后，就回到了家乡。她对父母的付出并不是麻木接受，相反，作为一个敏感的人，她深深地感到了压力，不知自己是否能让父母感到值得。十八九岁的少女，即使富于写作天赋，也很难迅速找到一份好工作，她自称"确实是经历了一番颠沛流离，经常深夜睡不着"。就在这个极为焦虑的当口，闫叔叔对闫红说："你老爸除了工资，还有稿费，再养活你一二十年不成问题。一二十年，你总能写出来。"

这些故事，这些话，我在十几年前就已经听闫红讲过了，但现在我的感受却远比十几年前深刻。我心里为这些话语而泛起的滋味，也更加复杂，因为我自己也到了闫叔叔当年送闫红去复旦大学作家班读书的年龄了，我不但代入那个女儿，也许我更代入那个父亲，我觉得他教会了我，为人父母应该是什么样。

闫叔叔不仅把自己的聪慧和才华遗传给孩子，他的价值观也在影响着孩子。让我印象很深的还有他的恋爱观，他和闫红说过：“谈恋爱，一定要满心欢喜，以后日子长着呢，磕磕绊绊多着呢，凭着最初的满心欢喜还能过去，要是一开始没那么喜欢，碰到点儿事就不行了。”因为这也是他自己的婚姻的基础。但是试问，那个年代的父母，有哪个能从自身的幸福中提炼出这么智慧的观点，并如此清晰、如此诚恳地告诉下一代？

日本有一部纪录片《人生的果实》，里面讲到人要为自己的后代留一些真正有价值的东西，那些有价值的东西可能就是人生的果实。闫叔叔的这些言行，就是留传给孩子们的真正有价值的东西，这些都无形地影响了孩子们，并继续传到再下一代。

对于这本书的作者，还有作者的一家人，我想说的还有很多，但最想说的是，这些美好是应该被更多人知道的，尤其是我们这个时代，我们有责任去感知父辈的美好。

愿这美好的一家人能永远幸福，在经历人生种种况味之后，互相扶持着走入最好的境界。

自序

近两年，我每天凌晨四点起床，窗外还是一片黢黑，屋里只剩下我打字的啪嗒声。断断续续，我写了二十多万字，我的写作激情如此之高，是受一本书的影响。

这本书叫《乱时候，穷时候》，作者姜淑梅本来是黑龙江省安达市的一位家属工，1997年，她六十岁的时候开始学认字，2012年75岁时开始学写作，先后在《北方文学》和《新青年》杂志上发表文章，然后结集出版了《乱时候，穷时候》这本十九万字的书。

作者笔下都是大实话，读她的书如同小时候听老人讲“白话”（故事），篇篇精彩传神，每个字都“钉”在纸上，每个字都“戳”在人心里。

书本里的内容感动了我，她的写作精神和毅力更感动了我。

她在书中说，她刚学写字时，拿起笔来，手都哆嗦，横也写不平，竖也写不直，一天写不出两句话来。写了十来天，手不哆嗦了，横竖也比原来平直了，一天能写三行五行字。她就是在这个基础上开始写作的。比起她来，我算是有点儿基础，人家都在发奋写作，我为什么不能。

我决定写自己的书。我列了一个写作计划，我要像姜淑梅老人那样把一生的经历写出来。写我的父母兄弟亲朋好友，写我的童年时代，写我的读书历程，写我的军旅生涯，写我当记者的岁月，写我退休后的生活……

一个个人物，一件件往事，像电影镜头一样出现在我的眼前；故乡的河流、田野、树林，小时候摸过鱼、割过草、游过泳的地方，向我展开一个个画面。

写父亲时，如同看到父亲向我微笑，我禁不住潸然泪下，一边哭一边写；

写挚友时，想起儿时的玩伴，一起在田野里疯跑，一起在淮河滩上嬉戏；

写老师时，我好像又是当初的少年，单纯，诚恳，贫穷，饥饿……

年过古稀，虽然常常忆起少年时，但总是一片模糊的惆怅，没想到写作能够帮我将一去不复返的旧日召回，栩栩如生地再现，让我像是活了两次。

困难也有。“书到用时方恨少”，过去写了几十年的新闻，从来没写过散文，刚开始写散文时，我感到无从下手，语言贫乏，知识不足，更谈不上技巧。于是我一边写作，一边读书。上午写作，下午读书。

我读完了陈忠实的小说和散文集，重读了《张贤亮精品集》，我对刘庆邦的小说情有独钟，我对梁衡的散文爱不释手……越读越感到自己的浅薄，越读越感到后悔：这么多好书好文章，我为什么不早些年读？现在老了，记性差了，前面看后面就忘了，读了还有什么用？

可是我一想到人家姜淑梅，六十岁才识字，七十多岁才写文章，都不嫌晚，我还不到七十岁，说什么晚？我感到惭愧。

这样一来，我就重新振作了。除了学习全国知名作家的写作经验外，我还主动地与市里一些青年作家联系，登门向他们学习文学创作方法。他们看我态度诚恳，真心向他们请教，也悉心为我释疑解惑，指点迷津。让我逐步摸索出散文的选材、结构、提炼主题等写作技巧，越写越想写，越写越顺手。

近几年，我身体不太好，想到现实中的事，感觉诸事皆可忧，而我年迈乏力，什么都不能改变，心境常被无力感侵蚀。

在写这本书的过程中，现实中的烦恼被推远，似乎笔下的世界更为真实，我想把心中感觉提取出来，让细节更加清晰。尽管完全做到很难，但是只要有一点点达到，我心中就会有很大的成功感，内心也变得更有力。

写作，让我不知老之将至，是生命送给我的一份礼物。

附录

目录

我父亲的几个关键词

1977 年初春，我的老家袭来一股寒流，气温骤然间下降了十几度，雨水在空中结了冰，像一根根冰锥扎下来，地面滑得站不住人。父亲说，好多年都没见过这样下“淋”了，我家门前的一棵大柿树冻死了。

当年 5 月，我从部队回乡探亲，发现父亲不像往年那样精神，有些消沉，他说：“我一辈子没怕过死，可是我今年老想着会死。我也不是怕死，就是舍不得离开你们。”

真是怕啥就有啥，我返回部队不久，就接到父亲病故的电报。父亲去世后多年，我常梦见他，他的音容笑貌，他的为人处事，他对我们的疼爱，历历如在目前，让我常常潸然泪下。

仁

父亲在世时常说，我的老家在山东，是我祖父挑着担子逃荒要饭，来到颍上县八里庄，租种地主的土地。日子过得十分艰难。有一年遇上灾荒，吃上顿无下顿，眼看着要有人饿死。这时候，离八里庄三里远的“尤家花园”园主尤荫轩在村前支起几口大锅“放饭”，全家人得以活命。

就在这种情况下，当父亲九岁时，祖父乞求地主，让我父亲和地主的儿子一块读私塾。读了两年，遇到灾荒，因交不起学费停学了。

又过了两年，祖父把我父亲送到县城一家中药店当学徒。因为上学时间短，他连中药名字都认不全，所以父亲白天忙着打扫店铺、炮炙草药、做各种杂务，晚上偷偷地学认字，由于勤奋好学，很快学徒期满。就在他就要拿上工钱（学徒期间，只管吃饭）时，药店突发大火。店老板将失火的原因归罪于学徒吸烟，扬言要将学徒吊起来打。父亲闻讯逃走。

逃到淮河边上一个小集庙台集，到一家药店帮工，被居住在这里的我外祖父看中。

在这个小集镇上，外祖父家算是殷实之家，可惜只有一个独生女，当时人称“绝户头”。女儿没有继承权，必须从族中过继子侄来继承家业，但我外祖父对女儿视若珍宝，很早就踅摸着给女儿找个好归宿，将来纵然没有兄弟撑腰，也不会被欺负。

虽然我父亲家境贫寒，相貌平平，身量也不高，任谁说都配不上我母亲。但是外祖父看中我父亲聪明厚道，是知恩图报之人，将来必不会让我母亲吃苦。

不得不说，我外祖父慧眼识珠，我父亲后来果然一辈子都把我母亲捧在手心里。

外祖父给我父亲十块大洋做本钱，开了一家杂货店，卖些油盐酱醋。

那时候，老百姓家家都很穷，哪怕买回二两盐，都要回去校秤。父亲卖出去的东西，样样都给够秤。街坊们都赞扬我父亲做生意实诚，回头客越来越多。

集上几个人，有点儿无赖习气，人称“混穷的”，经常赊账。到别人家赊不成，到俺家，父亲从来不驳他们的面子，有的光赊不还，父亲从来不跟他们计较。因此，父亲的杂货店信誉好，顾客盈门。后来，父亲有了本钱，又开起了中药店。

这时，我的一位远门大伯带着个十来岁名叫运周的孩子投奔父亲来了。那时他们父子俩蓬头垢面、破衣烂衫，形同乞丐。我父亲收留了他们，给他们换上新衣服，给他们做好吃的，让大伯挑担给店里进货。

大伯很感动，干活很卖力。父亲让他到县城进货，他早出晚归，挑着沉甸甸的货物回来。父亲看他很辛苦，每天等他进货回来，都要弄上几个菜，和他喝上二两，跟亲兄弟也没两样。

新中国成立前，兵荒马乱，常有军队从我老家路过。有一天早晨，运周从外面捡回来一颗手榴弹，他想要那个弹壳，就趁我母亲不在，把手榴弹放在锅灶里烧，想把手榴弹的手柄烧掉。

他刚把手榴弹塞进锅灶里，母亲回到厨房，蹲在锅灶后面洗脸，突然“轰隆”一声巨响，手榴弹爆炸了。房顶被掀翻，铁锅被炸得无影无踪，母亲昏倒在地。

父亲从外面飞奔回来，吓得魂飞魄散，赶到厨房，赶紧把母亲抬到堂屋里，扎针、灌药。由于母亲蹲的位置低，没有受到外伤，是被爆炸声震昏了，直到当天晚上母亲才苏醒过来，总算捡回一条命。运周闯下这么大的祸，父亲也没跟他们父子计较。

尽管父亲这样宽容，一年后，大伯看父亲生意做得红火，红了眼，加上听信了别人的挑唆，闹着要和父亲“分家”。母亲给他做的鞋，他不穿；给他做的饭，他不吃；叫他进城进货，他也不去。

父亲找一位朋友做他的工作，他不听，说：“我不能像一条烂脊梁的老驴给老三（我父亲排行老三）累了。”

父亲的朋友说：“你两手空空来的，现在要分家，怎么分，分给你多少？”他说：“我不会做生意，我就要他那几亩地。”

父亲的朋友把他的要求转告了父亲。我家原有六亩地，因为种不过来，租给别人种了。现在大伯提出要那六亩地。父亲虽然很心疼，但是为了息事宁人，还是答应了他的要求，从租地人的手里把那六亩地要回来给了他。

分家后，大伯不好好种地，加上赌博，两年的工夫，六亩地折腾干了。运周被卖了壮丁，在国民党军队里突发眼病，双目失明，等他回来时，大伯已经病故。

三年后，土地改革开始了。按照当时的政策，我家因为没有土地，被划为贫农成分。左邻右舍都说，行好得好，要不然你家至少得划个小土地出租。

义

儿时的记忆里，每年春节守岁的晚上，父亲做的最后一件事，就是包红包，每个红包里放下一摞铜钱，够单身汉过年的。

他要包二十多个红包，放在一个木制的托盘里。第二天一大早，就有一群穿着破烂的穷人来到店门前，高声叫着父亲的堂号喊：“俺们来给你拜年啦！”

父亲一手举着托盘，一手将红包分给他们。好像他不是在施舍，而是在馈赠。这种馈赠一直坚持到1955年实行“公私联营”，我们家的中药店不复存在。

那时我年幼无知，对父亲的做法很不理解：为什么对这些穷光蛋这样客气。后来，他给我讲了一个“遇难又呈祥”的故事。

新中国成立前的一天早晨，父亲下门板，突然看见门板上有一张纸条，上面扎着一把匕首，纸条上写着：“限期三天把四十石（一万多斤）小麦送到指定地点，否则拿人头是问。”看了这张纸条，父亲吓得面如土色。他知道这是土匪贴的票子。三天之内，他上哪儿弄这四十石小麦。

父亲在惊恐万状中熬了两天，仍然想不出辙来。第三天，一群土匪来到庙台集北一里多远的高庄子。土匪头子把盒子枪往桌子上一掼，暴跳如雷地叫道：“这个闫益堂（我父亲的名字），是个‘抗户’吗，怎么还不把粮食送来？真的不想活了？”他当即命令手下的土匪：“马上把闫益堂捆来！”

正在这时候，集上二十多个穷哥们儿不知从哪里得到消息，及时赶到，“扑通”一声跪到土匪头子面前，发誓赌咒，为父亲求情，说我父亲做生意的钱都是拿的“小包钱”（高利贷），实在弄不来四十石小麦。

有个外号叫“督军”的一边哀求一边磕头，磕得满面是血。土匪头子被这意外的场面感动了，说：“没想到闫益堂还有这么好的人缘，看在穷哥们儿的面上，我饶了他。这四十石小麦不要了。”

听说土匪已经到了高庄子，眼看大祸临头，在劫难逃，父亲吓得大汗淋漓，浑身发抖，催促母亲带着我们赶快逃走，并做了最坏的打算。

这时，有个叫王成的穷哥们儿飞奔而来，上气不接下气地说：“好了好了，粮食不要了。”父亲问清来龙去脉后，如同获得大赦一样，瘫坐在地上，冷汗一个劲儿地往下流。王成给父亲出主意，赶快买几条“小刀牌”香烟把土匪打发走了。打那以后，父亲像对待亲兄弟一样，敬着这些穷哥们儿。

姐姐十几岁时候就订了婚，那时候还实行父母包办，对方是父亲朋友的儿子张福年。父亲看中的是朋友的忠厚善良。父亲说，上人有德，下人有路。他认为，他的朋友是个有德之人。

可是好人不长寿，父亲的朋友夫妻俩很快都病故了。张福年寄养在他伯父家，那时他还是个没长成人的孩子，有一天在淮河边玩，被船拐子拐走了，一走两年没有音信。不少媒人来到我家，让我父亲退掉姐姐的婚事，另嫁有钱人家。

媒人对父亲说：“闺女订婆家，跟拴羊一个道理，你把它拴在有草的地方，它就有草吃。你把它拴在没草的地方，它就没草吃。张家有啥？”还有的媒人说：“福年这孩子，一走多年没音信，活不见人，死不见尸，有啥指望？我给你闺女说的这家，有骡子有马，还有好几十亩地，哪点不比张家强？”

父亲认老理，说：“做人说话得算数，不管张福年这孩子是死是活，得等到有个实信才讲。”

一直等到1953年，张福年从佛子岭水库工地上回来迎亲了。原来，他被拐到船上后，船主让他拉纤，一直拉到江苏省的洪泽湖，赶上淮海战役，他加入解放军担架队，抢救伤员，立了功。淮海战役结束后，被留在国家水利工程局施工队，成了一名水利工人。

姐姐结婚后，也来到了佛子岭施工队，参加了治淮工作，成了国家职工。而媒婆们为姐姐说的那几家有钱户，后来家家都被划为地主。虽然他们有些也是时代的受害者，但我还是为姐姐没有陷入命运泥淖而庆幸。

善

1962 年农村实行“土地包产到户”时，我父亲从区卫生院退职回家种地，我家里还常备一些急用的药。人们都还记得父亲曾经是个看病的先生。

离我家五里路的沈楼有个孤苦老人，姓王，腿瘸，走起路一拐一拐的，精神不正常，常发癫痫症，人们给他起个外号“王神仙”。

王神仙以乞讨为生，每当癫痫发作时，常常跌得头破血流。因为他没有钱到卫生院包扎，常常到我家来，找我父亲给他包扎。

有时候正在吃饭，他血流满面地来了，他常年不洗澡，浑身散发着难闻的臭气。我侄女见他来了，一怕他“疯”，二嫌他脏，都赶紧躲开了。可是父亲总是把饭碗一放，立即给他清洗伤口，在伤口上撒药粉，然后包扎好。王神仙无以回报，总是在父亲面前跪下，硬要磕个头才走。

1977 年，父亲病故时，王神仙在霍邱县讨饭。当他讨饭回来，得知父亲病故，便在父亲的坟前长跪不起，像死了亲人一样放声大哭数日，哭着叫着：“好人呀，好人呀，我咋不替你死呀！”后来还是我家人反复劝说，才把他劝回去。

我在《杂文月刊》上看到一篇文章《什么是人文？》，作者王翔宇说，“人文”就是一种根植于内心的素养，能设身处地为别人着想的善良。父亲一辈子就是这种精神。凭着他的善良、诚信，赢得了四村八乡农民的信赖和帮助，渡过了那兵荒马乱、土匪横行的岁月，渡过了一个又一个难关，给他的儿女创造了幸福，留下了宝贵的精神财富。

爱

小时候，家里开着中药店，在我五六岁时，只要父亲有空，就把我抱在腿上，指着药橱上的药名耐心地教我认：大黄、黄连、生熟地，当归、白芍、炙黄芪……我还没上小学，四百多味常用药的药名我都认识了，这些药名里有近千个汉字，这些汉字给我打开了智慧大门。

我上初中时，正值三年大饥荒。初一时，甲乙丙三班一百二十多名学生，毕业时还剩下十七个学生，其余的都被饿跑了。我能坚持到最后，就是父亲的鼓励。

那时候，父亲在半岗区卫生院管理中药仓库，他每个月都要拉着板车到县药材公司进一趟中药，回来路过我所在的临淮中学时，除了按月送来生活费外，还要送点吃的。有时送一块馍，有时送一小块豆饼，有时送点能吃的中药。

有一天傍晚，下着鹅毛大雪，下课时一位同学喊我："闫振田，你父亲来了。"这时，站在我面前的父亲如同一个雪人：他披着一身一头的雪，连眉毛胡子上都挂满了雪。当时八里河结了冰，渡口封了，他是拉着满车的中药，踏着尺把深的积雪，从三道冲绕道五十多里赶到学校的。

我从老师那里要了一碗开水端给了父亲，他一口气喝完了，我让他歇一会儿再走。他说："我的棉袄汗湿透了，不能歇，歇了更冷。"

他除了给我几元钱的生活费外，又给了我一包名叫玉竹的中药，苦笑着说："我没给你带吃的，这包玉竹，你要是饿得撑不住时，就放嘴里嚼嚼，多少顶点儿饿。"

我推着板车把他送上堤坝，临走时，他说："再饿也要坚持住，不上好学，你这一辈子都没出息。"我目送着面黄肌瘦的父亲拉着沉重的板车，躬着腰吃力地往前拉，止不住的眼泪往下掉，哭着回到教室。

1962年，土地包产到户，我家承包的土地没法种。哥哥和我上学，母亲一双小脚，犁耙打场的农活干不了，父亲便辞去了卫生院的工作回到了老家。

1963年，我考取高中。除了要交二十元学费外，转户口时还要卖二十斤粮食给粮站，拿着卖粮食的发票才能转户口。

当时，我家一贫如洗，这道难题把父亲难住了。父亲借了好几家都没有借着钱。母亲愁得唉声叹气，说：“算了吧，这个学也甭上了。”父亲说：“不上了，振田这一辈子就毁了，我再想想办法。”

最后，他把家里唯一值钱的东西——一头不足四十斤的小猪卖了，解决了学费和转户口的问题。

入学前，我大病初愈，瘦弱得路都走不动。父亲为我挑着被子，父子俩走走歇歇，走了大半天才走到学校。

等到我高中毕业时，“文化大革命”开始了，我上大学的梦想破灭了。我灰心丧气地回到家，父亲说：“不管咋样，你学到了文化，三年高中没白上，往后还会有用的。”

1968年3月，我应征入伍。离开家乡的那天，前来送行的人很多，有新兵的父母，也有新兵的未婚妻，还有看热闹的乡亲们。我在送行的人群中寻找父亲，可是直到汽车开动，也没见到父亲的影子。

我感到很纳闷，从上初中起，每次返校，父亲都要依依不舍地送我，有时送了一程又一程。上高中时，甚至送到离家8里远的八里河，船到河中，仍能看到父亲站在南岸，目送着我。这次我离开老家，三年五载才能回来，父亲为何不来送我？当我向家乡告别时，委屈的泪水挂满了两腮。

我揣着这个谜团当了三年兵。三年后，我回乡探亲，向母亲提起这个疑问，母亲说："你当兵走时，你大（父亲）说你从小长到大，在家里吃没吃着好的，穿没穿着好的，忍饥挨饿，破衣烂衫。现在看到你穿着一身新军装走了，又高兴又难过，又觉着对不起你。他怕送你时忍不住眼泪，让你看到了，让你难过，还不如不送，所以就没送你。你走那天，你大在稻场上转了半天，哭了半天，还是我把他劝回来的。”

听了母亲的一席话，我落泪了，对母亲说：“没吃好的没穿好的，这能是他的错吗。这些年来，他吃的啥？穿的啥？他为俺兄弟姐妹几个受的罪还少吗？他拼死拼活地让我们读书学文化，这就是给我们最大的财富。”

温和

父亲在世时，以“好脾气”闻名乡邻。在我童年的记忆里，他是那样和蔼可亲，哪怕我做错了事，他总是能够原谅我。

我 9 岁那年秋天，母亲给我做了件新棉袄，我和小朋友们到淮河边上玩“打漂漂游”——捡起河边的蚌壳往河中扔，看谁扔得最远，激起的浪花最多。然后又在河边的树林里藏猫猫，玩到兴头上就把棉袄甩到了一边。

傍晚，回到家里，母亲问：“你的棉袄呢？”我这才想起棉袄来。飞奔回河边，棉袄早已不翼而飞。

我忐忑不安地回到家，母亲得知我把棉袄弄丢了，抓住我就要打，被父亲拦住了。他仔细地询问：在什么地方玩的，跟哪些孩子在一起玩的。问过之后，他挨门逐户地找到那些孩子，个个都说没见着我的棉袄。

他又跑到河边上，向停泊在岸边的船家打听，最后有一个船工告诉我父亲，棉袄被一个五十多岁的老头拾去了。父亲根据船工提供的拾袄人的长相、个头、胖瘦，又打听了好几家，终于把棉袄找回来了。

他把棉袄给我穿在身上，把扣子扣好，一个指头也没戳我，连一句责备的话都没说，穿上棉袄后我感到特别温暖。

上小学四年级那年，开学时，父亲给了我 5 元钱让我到学校交学杂费。我把钱往书包里一塞就到学校里去了。进了教室，只有一个同学坐在那里。我把书包放在座位上，去上厕所，回来掏钱交学费时，怎么也找不到钱了。

刚才坐在位子上的同学不知道什么时候走的。我像丢了魂似的，哭着跑回家，向父亲述说丢钱的事，并一口咬定是那位同学偷去了。让他和我一块去找老师，向那个同学把钱要回来。

父亲一听说我把钱弄丢了，很吃惊，也很生气。但一听我说向那位同学要回来，半晌没说话。我拽着他往学校走，他不肯去，反而说："你又没抓住人家的手腕子，怎么能断定是人家拿的？要不是那个同学拿的，不是冤枉人家了吗？就是这个同学拿的，这个钱也不能要。你这一要，他背上小偷的名声，还咋有脸上学？不上学，这一辈子不就完了吗？"

他叹了口气说："算了算了。"说着又掏出5元钱递给了我，并一再叮咛，到学校后再不要提丢钱的事。

这件事过去后，那个同学对我特别客气，不论从家里带啥好吃的，总要分点给我，这样一来，我更觉得他像"偷斧子"的人，心存芥蒂，耿耿于怀。后来发生了一件事，我才彻底抛弃了前嫌。

那年夏天，我和那个同学一起在西庙洼里洗澡。他的水性比我好，我看他游来游去很眼馋。我也试着往深处游。当我游到小河中间，突然刮来一阵风，我呛了一口水，眼睛直冒金花。我慌了神，脚手不听使唤，我喊了那个同学一声，就沉了下去。那位同学听到我的喊声，一猛子扎到水里，把我拽到岸边。回到家里，我把这次历险经过告诉了父亲，父亲当晚就拉着我，提着四包糕点赶到那位同学家里，向那位同学道谢。

文墨

在我儿时的记忆里，父亲不仅生意做得好，而且写得一手好字。

每年春节前夕，父亲就忙中偷闲地写春联。他买来红纸，一张张裁好，让我站在桌前拉纸，写好后，摊在地上晾干，第二天早晨收起来。每天晚上都要写上十几副，一直写到大年三十。除了送给左邻右舍，就是送给街上的穷困户。在左邻右舍的眼里，父亲不仅是个生意人，而且是个有文化的“先生”。

父亲除了喜欢写春联，还对戏曲很着迷。20 世纪 50 年代初，春节前后，农民为了庆祝翻身解放，村村建剧团，庄庄唱大戏，好戏连台演。每天晚上父亲总是提前关好店铺，带着全家人去看戏。

他站在凳子上，把我扛在肩膀上，每当苦戏唱到高潮，比如秦香莲拉着两个孩子被人追杀，跪地求饶时，他一手扶着肩上的我，一手抹眼泪，我莫名其妙地看着他。

平常不演戏时，父亲喜欢听别人唱戏。那时候，我家药店门前有个卖瓦盆的，二胡拉得好，“高梆”“豫剧”也唱得好。逢集的下午，卖瓦盆的收了生意，父亲就把他请到我家药店里来，让母亲做几个菜。两个人对饮，卖瓦盆的喝得高兴，就唱起来。父亲边听边喝，十分入迷。

也许受父亲的影响，哥哥在读高中时，就迷上了戏曲和写作，立志当作家。1962 年，他高中毕业回乡务农后，边劳动边创作，结合当时的农村实际生活，创作出《牛哥娶亲》《王婆骂鸡》《要彩礼》等短篇小说，获得了省小说创作奖。他还把这些小说改成剧本，由公社宣传队演出。

演出时，父亲场场必到。除了在我们村演，剧本还被别的公社宣传队拿去演。别的公社演出时，父亲也赶去看。母亲数落他："你都听好几遍了，还有啥听头？"父亲不以为然，还是赶去听。有时哥哥有了创作灵感，写戏之前，总要提前把他的构思讲给父亲听，哥哥讲得眉飞色舞，父亲听得津津有味。

受哥哥的影响，我在上初中时就酷爱写作。1968年，我应征入伍三个月，就在报上发表了第一首诗，后来当了新闻干事，转业后调到报社，仍以新闻写作为业，写了数千篇新闻。

20世纪80年代，各种文学期刊如雨后春笋般纷纷复刊，文学名著重新出版发行。我订了《小说月报》《人民文学》《收获》等文学期刊，购买了四大名著。我喜欢看书，女儿也跟着看。女儿上到小学五年级时，就读完了《红楼梦》。有一次，中央电视台举办"红楼梦知识大奖赛"，全家人坐在电视机前，主持人提一个问题，女儿回答一个问题，而且回答得基本正确。如果她参加比赛，至少可以拿到三等奖，这让我大吃一惊。

她后来出的第一本书就是《误读红楼》，之后又出版了十多本书，如今已有文集出版，成为小有名气的作家。

古人说："忠厚传家久，诗书继世长。"每当女儿的新书出版，儿子的摄影作品获奖，我就想起了祖父：一位目不识丁的农民，一个食不果腹租种别人土地的庄稼人，他咋就想起来让父亲读书认字？是他老人家的远见卓识，让我父亲成为家族中第一个识文断字的人，是他老人家点燃了我家的文化火种，经过一百多年的传承，薪火相传，传到了我的子女手中。有个成语叫"一脉相传"，我们家的文脉应该是从祖父那里传下来的。

心灵手巧

我小的时候，家里开着中药店，四村八乡的人都前来看病。逢集时，只要一开门，父亲就忙得像陀螺似的，抓药、炒药、碾药……一直到罢集。父亲尽管这样忙，但只要一闲下来，总是陪着我玩：把我抱在他腿上，教我认药橱子上的字，扛着我去看戏，逢年过节，变着花样，和我兄弟姐妹一起玩。

春节到来之前，他会提前将做灯笼的材料准备好，如做灯笼外壳的竹篾、糊灯笼的彩纸，然后根据每个孩子的属相，精心设计各式各样的灯笼。

如妹妹属兔，他就扎一个兔子灯笼，不仅能提着走，还能拉着跑；我属狗，他就设计一个狗型灯笼；哥哥属马，他就设计一匹奔跑的马。

从过罢腊八就开始做，一有空就做，一直做到过年。大年三十晚上，吃罢年夜饭，母亲守在家里，父亲带着几个孩子打着灯笼，悠闲地走在大街上，妹妹在前面拉着兔子灯笼，我和哥哥牵着狗和马灯笼。我们在街坊邻里的赞美声中，十分得意，像中了彩一般。

过了正月十五，天气就暖和了。春风溜河湾，正是到大河湾放风筝的好时候，那里无遮拦，地面宽阔平坦，是放风筝的好地方。背集无生意时，父亲会带着我们兄弟姐妹一起去放风筝。风筝是父亲扎的，有燕子形，有“大九莲”，有五角星，他教我们怎样让风筝升起来，怎样越升越高，我们玩得是那样的开心，父亲望着我们奔跑，慈祥地笑着。

端阳节，一大早，父亲就带着我们去采芦叶。采芦叶之前，他给我们讲端阳节的来历，讲为什么要做粽子，芦叶采回后，还教我们包粽子，我和妹妹拙手笨脚，包来包去都包不好，不是米撒了，就是把粽叶揉烂了。母亲心疼地说：“看你们把东西都糟蹋了。”

父亲说："没关系，不就是玩嘛。"他手把手地教，帮我们掌握窍门，一点儿都不嫌麻烦，直到教会为止。

中秋节晚上，打火把是20世纪50年代一个非常隆重的乡村习俗。父亲对这个习俗也不马虎，他扎火把不用秫秸，也不用麦草，而是用麻秸秆，因为用秫秸和麦草扎火把烧得快，火苗还容易掉下来，烧着衣服。而用麻秸秆扎火把，不仅燃烧的时间长，火苗还不容易脱落。打火把的时候，父亲会跟着我们一起玩。乡间的大路上，各村的村民和孩子，举着不同的火把，映红天空，孩子们摇着火把叫着笑着，一直玩到深更半夜才回家。

姥姥

“姥姥疼外孙，疼到骨头缝里。”用这句话形容我的姥姥，那是再贴切不过了。

我是1946年出生的，那时候危害儿童生命的传染病很多，如天花、麻疹、白喉等。当时，还没有西医西药救治，孩子一旦传染上，爹妈只能眼睁睁地看着孩子死去。我的一个姐姐、一个哥哥都长到五六岁时，就被传染病夺去了生命。

为了保住我的小命，姥姥真是费尽了心思。她听说小孩穿百家衣可以避邪，就挪着小脚，一家一家地去讨“布尖子”（做衣服剩下的碎布）。有的人家舍不得给，她就挎着鸡蛋跟人家换，跑了三四个村庄，足足跑了一百多家，才把布尖子换够，然后千针万线地连缀起来，拼成一个好看的图案，给我做成了百家衣。

她还听说孩子穿毛衣也可以避瘟，就连天加夜地给我织毛衣。姥姥织的毛衣不是现在用毛线织的毛衣，而是在原始的织布机上织成的。她手执织布梭，脚踏织布机，每织出四指长，就留下一部分线不织，把留下的线搓成粗线挽成结，再接着织。

“呱达达，呱达达”，织织停停，常常织到深更半夜。花了一个多月的时间才将一件毛衣的布料织成，再剪裁做成毛衣。我穿在身上，如同一只毛狮子，非常漂亮别致。左邻右舍的老人都赞叹不已。

姥爷在世时非常勤劳能干，日子过得很殷实。姥姥把她家多年的积蓄拿出来，换成银子，给我打了长命锁、银项圈、银头饰，就连脚脖子也戴上了银铃铛，跑起来哗哗啦啦地响，让我的小伙伴们羡慕不已。

1953 年，姥爷在一次劳动中中暑身亡，剩下姥姥一人。父亲去接她到我们家一起过日子，她死活不肯。她唯一的理由是自己“命独”，靠山山倒，靠水水干。她认为姥爷去世，是她“命独”所致；她一辈子没有儿子，也是因为“命独”。她怕到我们家来会“妨”着（即危害的意思）我们一家人，尤其是孩子。

她一个人过得很艰难。吃水用瓦罐到井里提，烧柴靠自己捡，吃面靠抱着磨棍推磨。有时，父亲去给她送些零用钱，她常常不在家。父亲只好在姥姥邻居的指引下，到大河湾里去找她，在几里远的地方找到她时，她背着几十斤重的柴草正往家走呢。

她的生活虽然如此艰难，仍然时时惦记着我们一家。特别是三年大饥荒时，姥姥所在的生产队食堂比我家所在的食堂好些，姥姥怕我和妹妹吃不饱，就把从食堂里打来的红芋捞出来，晒成干，藏好。父亲去看她时，让带回来给我和妹妹吃。

姥姥晒的红芋干，是我一生中吃到的最好吃最难忘的食物。父亲劝她不要省了，别把自己饿坏了。她总是说：“我老了，也死得着了。孩子还小，正长个儿，别把他们饿坏了。”

在那个艰难的年月里，父子不相顾，夫妻不相怜，有的为争吃一口饭而争吵打架。可是姥姥却置自己的生命于不顾，口里省，肚里挪，省下饭来给我们吃，姥姥的深恩真是天高地厚难以报答啊！

1964 年姥姥去世时，我正在县城读书。她临死前交代妈妈不要告诉我，怕我难过，影响学习。

她还反复叮嘱母亲，她死后，衣服不要全都烧了，留下来改一改给孩子穿。她说：“现在布票金贵，不能让孩子赤皮露肉地出去。”母亲按姥姥说的做了。我上高中时，一直穿着用姥姥的旧衣服改做的棉袄、夹裤，享受着姥姥带给我的最后的温暖。

哥哥

哥哥出生在兵荒马乱的年月，小时候就聪明过人。母亲多次讲过哥哥智救全家的故事。哥哥 6 岁时，有一天夜里土匪来抢劫，全家人还没来得及逃走，集镇就被土匪包围了。

父母躲在墙旮旯里，姐姐和哥哥躲在床底下，哥哥年纪小不知道害怕，姐姐一把没拉住，他从床底下钻了出来，站在床前。这时候，闯进几个凶神恶煞的土匪，声色俱厉地喝问：“人都上哪儿去了？”哥哥从容地回答道："朝集外头跑了。"土匪认为小孩讲实话，就朝外面追去。土匪走后，全家人趁机逃了出去，免遭一场劫难。

哥哥从小学到高中成绩一直很好，尤其语文突出。他在阜阳一中读书时，阅读了大量的国内外名著，尤其推崇鲁迅、契诃夫和巴尔扎克的作品。他一边读书一边练笔，在报刊上发表了不少诗歌、散文。他写的报告文学《离娘衣》登了《阜阳日报》的一个整版。小时候，我一直把哥哥当作崇拜的对象。

1962年，哥哥高中毕业时，本打算参加高考，可是他看到母亲在三年大饥荒时差点儿饿死，父亲虽已竭尽全力，还是时常力不从心，于是他放弃高考，决定回乡务农。一方面减轻家庭负担，一方面体验生活，实现作家梦。

他没想到现实生活是那样残酷，和他在学校里的梦想差距是那样大。但他没有被困难压垮，回乡后，当过社员、生产队长、会计、耕读教师，在那生活极端困难、家庭负担十分沉重的情况下，仍然坚持写作。

他写新闻、通讯，写小说、剧本。他写的《牛哥娶妻》曾荣获全省小说创作一等奖。他写的剧本《要彩礼》《王婆骂鸡》等在全县不少乡镇上演，那充满生活气息的幽默剧情赢得一阵阵欢笑和喝彩。有的剧本还曾到省、地区参加汇演。

他还亲自登台为群众演唱，那优美的唱腔让乡亲们啧啧称赞。他的创作成绩引起地区文联的重视，成为全区文艺创作骨干，并加入省作家协会和曲艺家协会。粉碎“四人帮”后，他被调到县文联专门从事文学创作。

前些年，经商浪潮席卷全国的时候，他耐不住寂寞，也下了海。正如俗话所说，做生意不懂行，好比盲人撞南墙。他被撞得头破血流，一次次上当受骗，血本无归，欠下了巨额债务，无力偿还，也无颜见江东父老，只好出去躲债。在躲债期间，孤独、绝望，使他度日如年，借酒浇愁愁更愁，结果酒精中毒，客死他乡。

哥哥远去了，人们为他惋惜，有的说，凭他的才华，如果当年参加高考，现在不是大学教授也是有名的作家；有的说，如果他不盲目做生意，好好写作，也许已经写出几本书来了。可惜他走错了路。

送走哥哥那天，正是中秋节，皓月当空，万家欢乐，共庆佳节，我却翻来覆去睡不着。

我想起小时候，每到中秋节，哥哥带着我一起打火把，一起到野地里“摸秋”（到地里偷黄豆、扒红芋，捡些柴火烧着吃），深夜才归。想起 1969 年，我参军后的第二年的中秋节，哥哥怕我想家，到部队看我，手足相见分外亲，兄弟俩坐在河边促膝谈心，他抚摸着我在军事训练中碰破的腿，沉默良久，鼓励我要挺住，要经得起考验，要把部队当成写作的摇篮，多观察，多琢磨，多写东西，他还给我带去了有关写作方面的书，激发我的写作热情。

也就在他到部队看我不久，我的第一首诗在地方报纸上发表了，接着又在部队报纸上发表了文章，使我在刚入伍的新兵中崭露头角，从连队调到团政治处报道组，后来又被送到军区工程兵部宣传处培训。到了该成家的年龄，又是哥哥四处张罗，托人为我物色女友，帮助我成了家……一件件往事历历在目，令我终生难忘。如今，生死两茫茫，无处话凄凉。我只能以泪洗面，以文章寄托哀思。

少年时

新中国成立初，我家在一个小镇上开中药店，逢集时，来看病、抓药的人很多。罢了集，常有一个七八岁的男孩儿到店里捡烟头。他又黑又瘦，也不说话，只是默默地捡完了，还拿起扫帚，帮我把店堂扫干净。我问他捡烟头干什么？他说，给他大（父亲）吸。我刚懂事，觉得他是一个很孝顺的孩子，就帮他捡。

后来，有一天我到河滩上挖野菜，和这个孩子遇上了，他二话没说，就把他挖的野菜全部倒在我的筐里，我很感动，没想到他小小年纪，这么知道好歹。问他叫什么名字，家住哪里。

他一一回答了我，我这才知道他叫李凤起。他的乳名和我重名，我们老家叫“对方子”。挖完了野菜，他带我到他家玩，原来他爸爸是码头搬运工人，靠肩膀把一包包食盐、布匹、粮食等货物从船上卸下来，把一头头肥猪装上船，运往外地，一家四口人，全指望他爸一人挣钱养活，日子过得很艰难。

从那以后，我们就成了好朋友。他比我大两岁，带我一起挖野菜，拾柴火；一块滚铁环，藏猫猫；一块爬树掏鸟蛋，一块下沟摸泥鳅。他教我认得了所能见到的野菜，这是马兰头，那是鸡骨爪，这是灯笼棵，那是小米子菜……哪些野菜能吃，哪些野菜有毒。他教会我捆柴，教会我用缝衣针烧红了做鱼钩，还教会我捕蚂蚱、捉蛐蛐。如果有人欺负了我，他会奋不顾身地去帮忙，我们形影不离，亲如兄弟。

1954年，淮河发大水，我的家乡成为重灾区。当时运粮很困难，为了让灾民有饭吃，政府安排“异地就食”，李凤起一家和其他灾民一道，被送往河南固始县避灾。临走那天，他拉着我的手不放，一个劲儿地哭，他还把他心爱的铁环、玻璃球、弹弓等玩具都送给了我。送人的船都快开了，我们还搂着哭，我抽泣着说：“你走了就没人帮我、疼我了……”大人们看两个孩子伤心成那样子，也都感动得直掉泪。

第二年，他从固始县回来，我上小学三年级了，他还没上学。他每次到我家玩，都让我在他手心里写一个字，教他认。他很想跟我一样，背着书包去上学。可他爸妈说：“都这么高的个子了，还上个啥学？”我就向他爹妈求情，缠着让他上学，他爹妈被我缠急了，就答应让他上学，结果插班上了二年级，直到小学毕业。

我高中毕业回到家乡，参加生产队的劳动，李凤起是生产队的会计。一天的工分值，也就两毛多钱。而生产队有座砖窑，生产出来的砖要往外送，送到离家15里的半岗店子，送一块砖可得一分钱。

那时我家没有小板车，没法送砖。李凤起找到我说："你跟我一起送砖吧。"我说："我没有架子车。""我拉车，你拉车襻（在一旁拉绳子，辅助用力）。"

我知道，凭他的力气，完全可以拉得动一车砖，让我和他一块拉，不过是为了照顾我，让我有钱挣。尽管我再三拒绝，他还是让我跟他一块拉。拉一车砖到半岗店子，回来可得一块五角钱的运费，他分给我七角五分，我只要五角，他坚决不同意。他让我想起管仲和鲍叔牙分金的故事，李凤起待我如同当年的鲍叔牙。

1968年，我应征入伍。我最放心不下的是父亲挑水，因为在家时，挑水都是我干，我走了，只能由年迈的父亲挑。水井离我家一里多路，晴天还好，遇到雨雪天气，路上泥水半尺深，一步三滑，挑水十分困难。冬天，井沿结了冰，滑溜溜的，一不小心就可能滑到井里。我放心不下，就写信问父亲。父亲告诉我：自从你走了之后，李凤起常来给咱家挑水，特别是下雨下雪，你就不用挂念了。看到这里，我心里热乎乎的。

离开家乡45年，只是在每年清明节回去一趟。但不论什么时候回去，我们之间的友情还是那么真挚，他从来没拿我当外人，仍像亲哥哥一样，和我一起修坟祭祖，话家常，谈往事，情同手足。老家的一位八十多岁的老邻居，曾对我和李凤起说，像你俩这样一好几十年的朋友别人我还没见过。

一位名人说过，年轻时的朋友是最忠实、最持久的朋友。挚友得于少年时。我一生认识了不少朋友，有些友谊随着年龄、地点、社会环境、利害得失的不同随风而逝，而我和李凤起的友情坚定地保留了下来。“人间岁月闲难得，天下知交老更亲”。我们的友谊是我一生中最宝贵的财富，我对这笔财富十分珍惜。

贵人谢大娘

1959年夏天的一个早晨，母亲喊8岁的妹妹起床，叫了好几遍，妹妹都没有动。母亲又用手晃晃，妹妹仍不吭声。母亲摸摸她的头说："这孩子不发烧呀！"忽然，母亲突然大惊失色地对我说："你妹妹这是饿昏了，这咋弄？你大（父亲）又不在家，食堂还没打饭！"

"我下地偷瓜去！"我急中生智地说。没等母亲答应，我就背起草筐往生产队的瓜地跑去。还没到瓜地边，就从庵棚里窜出一条大黄狗狂吠着朝我奔来，看瓜的谢二跟着从瓜庵子里钻出来，大声地呵斥着：“弄啥？弄啥？大清早就想来偷瓜？”

我赶紧躲到旁边的豆地里。想着家里饿昏的妹妹，心里急得像猫抓似的。

正在这时候，谢大娘（谢二的嫂子）来了，她是来换谢二回家吃饭的。我心里一阵惊喜，如同遇到了救星。等谢二走远，我从豆地里钻出来。

谢大娘看见了我，向我招招手，说：“过来，过来。”我欣喜若狂地奔了过去。她捧着一个熟透了的老头乐（甜面瓜）走了过来，对我说：“趁老二不在，你赶紧挎回家吧。”

母亲打开瓜，一勺一勺地喂到妹妹嘴里，妹妹好歹还知道咽。当半块瓜喂完，妹妹慢慢睁开眼，傻乎乎地看着母亲和我。

在母亲喂瓜时，我把谢大娘送瓜的情景告诉了母亲。母亲泪流满面地说："要不是你谢大娘，你小妹的命就没有了，你可要记住谢大娘的救命之恩啊！"

谢大娘是我家的老邻居。她一辈子生了七八个孩子，都因为患麻疹、天花等传染病夭折了。人缺啥就稀罕啥，她对别人家的孩子特别亲。

我小时候常到她家玩。一到她家，她就一把把我搂在怀里，左一口右一口地亲不够，拿出她家的"大金果""梅豆角""千层糕"等过年时才能吃到的点心给我吃。有时没有糕点，她就从菜坛子里抓出咸蒜瓣、咸韭菜、咸萝卜干给我吃。我回家时，常遭母亲刮鼻子，说我是个"吃嘴精"。

谢大娘年轻时又漂亮又能干。那时，她家开猪案子，卖猪肉。逢集时，她像个男人似的帮助谢大伯杀猪。街坊邻里的孩子们围着看热闹，看她逮猪、把猪放倒、捅刀子、吹气、煺毛、开膛、翻猪肠子……孩子们围在周围，碍手碍脚，可她从来不嫌烦。她忙过一阵子，腾出空来，把手往围裙上蹭蹭，摸摸这个孩子的头，捏捏那个孩子的脸蛋，一脸的笑容。

1960 年大年初一的早晨，十三岁的我端着一个瓦盆到食堂打饭。饥饿已经把大伙儿折磨得三分人形、七分鬼样，排队打饭的社员像吊丧一样沉寂着。

炊事员终于掀开了锅盖，一股苦涩的蒿子汤味弥漫过来，上面漂着几节胡萝卜，一粒粮食也没有。我眼巴巴地望着那几节胡萝卜。排在前面的人已经舀走了几节，还剩下一节，我暗暗祈求，盼望着那一节胡萝卜能舀到我的盆里。谁知，炊事员给我打饭时，用瓢在锅里一搅，那节胡萝卜消失得无影无踪，他给我舀了一瓢清汤寡水。

我的眼泪顿时涌了出来，小声嘀咕着骂了一句，但还是被他听到了。他把水瓢往锅台上一摔，抄起擀面杖就朝我打来。站在我旁边的谢大娘抢前一步，一把抓住炊事员的胳膊，擀面杖才没有落到我的头上。但那个炊事员仍然不依不饶，跑过来一脚把我打饭的瓦盆踢翻在地，盆破汤撒，全家人连一口野蒿子汤都没喝上。

如今谢大娘已故去多年。但她的善良，她对我的疼爱，她的音容笑貌仍然深深地留在我的记忆里。

几十年来，我接触了无数的人和事，遇到了不少像谢大娘这样善良的人，他们像海上的航标灯，指明潜藏的暗礁和前进的方向，给人以温暖；他们像沙漠中的清泉，灌溉绿洲，救人饥渴。他们虽不是什么达官显贵，但却是我生命中的贵人。我常常想，如果世界上没有像谢大娘这样善良的好人，这个世界宛如荒漠，那将是何等可怕。

娃娃亲

我八岁那年（1954年）秋天，家来了母女俩。母亲有三十多岁，女儿七八岁的样子。妈让我喊那个大人叫婶，叫那个女孩小妹。因为眼生，我不肯叫。那个大人叫她的女儿喊我“小哥”，她也不肯喊。我妈抓了一把梨膏糖塞到女孩手里，又经她妈再三动员，她才躲在妈妈的身后，蚊子哼似的喊了我一声“小哥”。

妈告诉我她叫珍珍，珍珍的妈盯着我看，嘴里还不停地夸赞：“这孩子长得就是俊，浓眉大眼，虎头虎脑的……”我让她夸得不好意思，就跑了出去。

回来时，婶婶走了，却把珍珍留了下来。我妈说：“这是你大（父亲）给你订的娃娃亲，你要疼她，好好跟她玩。”“啥是娃娃亲？”我问母亲。“娃娃亲就是从小给你说的‘后头人’（妻子）。”我一听，像被火烧了脚似的，一下子蹦了起来：“我不要，我不要！”

原来珍珍的爸爸跟我父亲年轻时在县城一家中药店里当学徒，有一天夜里，药店里失了火，门面房和里面的药材全部化为灰烬，店老板认为是学徒们夜里吸烟引燃的，要严厉惩罚学徒，扬言要把他们吊起来打，父亲和珍珍的爸吓得连夜逃走。这样一来，他们成了“患难兄弟”。他们约定：将来要是有了孩子，并且是一男一女，就结成儿女亲家。结果如他们所愿，真的生了一男一女。他们兑现承诺，订下了娃娃亲。

我开始对珍珍很反感，不理她。可是过了几天，在一起混熟了，就跟她玩起来。她像跟屁虫似的，总是“小哥”“小哥”地叫着。我们一起挖野菜，一起藏猫猫，一起抓石子……她脖子上戴着银项圈，脚脖子上戴着银铃铛，跑起来哗哗啦地响。

娃娃亲不知道咋让街坊四邻的婶子大娘知道了，她们一看到珍珍跟在我身后，就拿我取笑，她们叫着我的乳名问：“什么时候当新郎官呀？”“什么时候让俺吃喜糖呀？”她们这样一问，我就羞得无地自容，赶紧躲开。我越躲，她们越要逗我。

我跑回家对母亲说：“赶紧叫珍珍回家吧。”我母亲不仅不让她回家，反而更疼她。除了给她好东西吃，每天给她洗脸洗脚，晚上还搂着她睡。

快过年的时候，她妈来领她回家过年。临走时，她不肯回去，她紧紧地拉着我和我妈的手不肯松，哭得像泪人儿似的。她妈说：“你看这孩子，在这过惯了，还不想回家了。”我妈对珍珍说：“你回家过几天，再让你妈把你送回来。”好劝歹劝，她才跟她妈回去了。

可是她这一走，竟一直没有回来。

她在我家时，我烦她，烦她见了人多嘴多舌，惹得左邻右舍的婶子大娘取笑我；烦她的银铃铛响个不停，吵闹人；烦她整天缠着我问这问那，打破砂锅问（纹）到底……可是她走了，我突然感到没有玩伴很孤单。

我问母亲，珍珍家住在哪儿呀，母亲说：“住在西湾里。”具体住在什么地方，母亲没有告诉我。于是，我常常跑到集西的高岗上向西张望，但每次都失望而归。

有一天，我突然看到一个大人拉着一个女孩自西向东走来，那女孩扎着两根羊角辫，很像珍珍。我异常兴奋，从高岗上跳下来，向她们飞奔而去。可是跑到跟前，刚要喊“珍珍”，这才看清楚，这娘儿俩根本不是珍珍娘俩。

我像挨了一棍子似的，哭着回到家问母亲：“珍珍咋不来了呢？”母亲含含糊糊地说：“珍珍上姥姥家去了吧。”“她啥时候回来呢？”“等她长大了才回来。”听母亲这样一说，我再没到集西的高岗上等她。

过了一年多，珍珍的爸爸到我家来，父亲和他喝酒，父亲喝酒有个习惯，三杯酒下肚，高兴起来，话就多了。可是这次喝酒，两个人一直喝闷酒，不说话。我看见珍珍爸爸哭了，父亲也哭了，他们哭得两眼通红，很伤心。我莫名其妙，跑到厨房里问母亲：“俺大和叔叔哭啥？”我这一问，母亲也背过脸去哭了起来，没有回答我。直到我上中学时，母亲才告诉我，珍珍回家后的第二年春天，因为出麻疹，高烧不退，肺烧坏了，就丢了（夭折了）。

大老潘

我的老家住在颍上县八里河南，距离八里河 8 里路。我在县城上高中的时候，必须经过八里河。那时八里河还没有桥，要乘船。八里河虽然没有八里宽，至少有二里路宽。当时有这样一段民谣：八里河河八里，隔河渡水过不去。一条小船摇呀摇，站在岸上干着急。

摆渡的姓潘，叫潘敬礼，高个子，大脸盘，浓眉大眼，一辈子行侠仗义，很有名气。河两岸的人都喊他“大老潘”。我认识大老潘是在 1963 年秋。有一个星期六的下午，我回家拿伙食费。走到八里河沿，准备乘船过河时，摸遍了衣兜，没找到那 5 分钱。

没有钱咋白乘船？自己好歹是个高中生，自尊心很强，决定蹚过河去。正值八里河枯水季节，河水比较浅，估摸着能蹚过去。于是，我就选择在最浅最窄的地方蹚水过河。我把衣服脱下来举在头顶上，慢慢地向河对岸趟去。

八里河河蚌很多，河底有很多蚌壳，一不小心踩在蚌壳上，脚就可能被蚌壳划破。我小心翼翼地往前趟，还没蹚过一半，河水越来越深，先是没过腰、没过胸，快要没过脖子时，我不敢往前蹚了。这时已蹚过半里多路，离河对岸还很远，不继续蹚又怎么过河呢？正在我进退两难时，大老潘的渡船摆过来了，他将船停在我身旁，生气地说：“不要命了，快上船！”

“我兜里没有钱。”我嗫嚅着。“没有钱就不过河了？”他伸手一把将我拽上了船。我心里很感激，向他致谢。他不领情地说：“谢个啥，不收你的船钱也穷不了我。”

八里河河滩很浅，有时候船离岸还有一丈多远就搁浅了。我在上高中三年的时间里，无数次看到大老潘把一位位老人、孩子背上船。平时得等到人上齐了才开船，可是遇到有危重病人到县城看病，有孕妇到县城生孩子，哪怕是一个人，他也要冒着风雨把船摆过河去。我觉得别看他长得像绿林好汉，却有着菩萨心肠。

可是有一天，我发现了大老潘的怪脾气。有一次，雨过天晴，河水暴落，上船要蹚丈把远的淤泥才能上船。我刚上船，船正要离岸，远处跑来一位中年人，他一边跑一边呐喊：“等一等，等一等！”大老潘手中的竹篙停了下来。

中年人跑到河边，只见他穿得十分周正，望着河滩，为难地说："这稀泥巴叽的，咋上船呀？"然后对大老潘说，"你把我背上船，我给双倍船钱。"

大老潘下了船，走到岸边将他背起来，快背到船边的时候，我听到那个中年人小声嘀咕了一句："真是有钱能使鬼推磨。""这是什么话，大老潘是这样的人吗？"我在心里刚这么想，就听到"哗啦"一声，大老潘手一松，腰身一扭，将那个中年人丢到了水里，一纵身上了船，说了一句："你找鬼推磨去吧！"那个人跌了一身泥水，大喊大叫。大老潘根本不理他，撑起船就走。

1973 年春，我从部队回乡探亲，路过八里河，恰巧又遇到了大老潘。当我向他付船钱的时候，他无论如何不收。他说："你不知道多少年才回来这一趟，收啥钱。"

我提起当年他义务将我渡过河的往事时，大老潘说："我摆了一辈子渡船，图的不是发财，也发不了财，图的就是行善积德。"

他还说："我不光认识你，还认识你爹。你为啥能当军官（那时部队干部穿四个兜的军装），那是你爹积的德，四里八乡谁不知道你爹闫先生是个大好人。上人有德，下人有路。我这辈子，旁的不信，就信这个。"

剃头匠王大伯

我父亲一辈子好朋好友，和谁都能处得来，从不分高低贵贱。

旧社会，人们看不起剃头匠，遇到吃饭的时候，不让剃头匠入席。可是，剃头匠王师傅却是父亲的座上宾。每当该理发的时候，父亲就把王师傅请到家里来给他理发。王师傅给父亲剃好头，刮好脸，收拾工具要走的时候，父亲总是一把拉住他，让母亲弄几个菜，老哥俩高高兴兴地喝几盅。

王师傅中等个儿，圆脸，笑起来像个弥勒佛。父亲让我喊他大伯。王大伯第一次给我剃头时，我看到又是刀子，又是剪子的，吓得哇哇叫。父亲怎么哄都哄不好。

这时候，王大伯拿出几根杠子糖（一种用麦芽糖做的状如棒棒的糖，比较疏松，中间有很多孔），让我和他比试，将杠子糖撅成两截，看谁的杠子糖截面上的孔眼粗，粗者为赢，要是他赢了我就得乖乖地让他理发，但杠子糖归我吃。

撅的结果，是我输了。只好颤抖着让他理发。他给我理发时，手法极其轻柔，和我想象的完全不同，很快就不怕了。从那以后，我再理发时，就不要父亲陪着，自己就跑去理了。

还有一次，我和几个小伙伴到淮河边上的树林里“打滴溜”，就是双手攀住树枝往上拉，由于用力过猛，只听“喀吧”一声，右胳膊脱臼了，胳膊顿时痛得抬不起来，我吓坏了，杀猪般地号叫着。

小伙伴们搀扶着将我架到家，父亲抱着我跑到王大伯的理发店，他用一只手按着我的肩，一只手抓住我的胳膊，一使劲，把胳膊对上了。王大伯满面笑容地问：“还疼不疼了？”我止住了泪水，连声回答：“不疼了，不疼了。”

有一天，我家的药店里，来了位六十多岁的老汉。父亲问他哪里不舒服，他用手指着嘴巴啊啊地叫着，父亲听不出他说什么，以为是哑巴，可是哑巴怎么能听到问话呢？最后才弄明白，他的下颌骨脱位，而父亲不会为他复位，就把他带到王大伯的理发店。

那个老汉不明白：我又不剃头，你把我领到这里干吗？王大伯让他坐下，一手按住头，一手托住下巴，两手一用劲，说：“好了，看看能不能说话？”那个老汉从座位下来，试着张了张嘴，不仅不痛了，还能说话了，他朝王大伯三鞠躬，又朝我父亲三鞠躬，说："你们真是活神仙！"

庙台集位于淮河渡口，南靠姜家湖，西靠邱家湖，新中国成立前不仅经常有土匪骚扰，而且还有国民党部队和杂牌军路过，他们路过时不是拉夫、拉壮丁，就是要钱要粮，老百姓不堪其扰。

有一次，国民党的"两广部队"驻扎，其中一位团长让王大伯为他理发。王大伯为他剃头、刮脸、掏耳朵。这一切做完了，那位团长说："你跟我走吧，我不会亏待你。"王大伯问："为啥跟你走？"团长说："我走南闯北，不知多少人为我剃过头，还从来没有这么舒服过，你为我剃头时，我居然睡着了。还有，你给我刮脸时，没在磨刀布上磨过刀（一般的剃头匠剃头时，都要将刮脸刀反复在磨刀布上磨多次），这真是绝活。"

可是，那王大伯刚结婚不久，他哪能把新婚妻子丢下，跟着这个团长走呢？当天晚上，他就逃走了，一直到“两广部队”离开庙台集才敢回来。

王大伯理发的技术好得出名，正骨技术也很出名。小孩胳膊脱臼找他，老人掉下巴骨（脱臼）也找他，还有干活时因用力过猛闪了腰（腰椎扭伤）也找他，他常常手到病除。他为人治病从来不收费，他说这是“行好”，图个好人缘。

对门邻居

新中国成立初，我家在庙台集街上开中药店，王大伯在对门开饭店。虽然他和我父亲脾气不同，但好得如同亲兄弟。

王大伯有两手绝活，一是烧卤菜，二是做硬面馍。只要他的卤锅一掀开，满街筒子都飘着卤肉的香味，让人馋涎欲滴，他卤出的肉常常不够卖。

我只要一闻到卤肉的香味，就往他家跑。他一见到我，就嘿嘿地笑起来，把沾满油腻的手往围裙上蹭蹭，一把将我抱起来，顺手从刚卤好的肉块上揪下一块瘦肉来，塞到我嘴里。

春天，我们乡下有送老雁馍的习俗。每年农历二月，出嫁后的闺女总要买一对老雁馍送给娘家妈，以表达孝心。王大伯做的老雁馍又好看又好吃，四村八乡的农民都喜欢买他做的。

他在做老雁馍时，还做些小猫、小狗、小兔子、小青蛙之类的面食。他的手是那么灵巧，三捏两捏，一个活生生的小动物就捏了出来，案板上摆得满满的。四周围满了看稀奇的孩子，一个个像雨淋的蛤蟆瞪着圆溜溜的大眼睛，看着王大伯捏蛤蟆。王大伯常常抓起刚蒸熟的小动物塞到我手里，让周围的孩子羡慕不已。

有一天，有个卖中药材的商人到我家来，他卖了药材拿了钱，刚走到集西头，就被几个地痞拦住了，抢他的钱。他拔腿就往回跑，躲在我家柜台后面。几个地痞跟着闯了进来，抓起柜台上的冲锤、切中药的刀和柜台前的板凳就朝药商乱砸乱砍，有的冲上前来抢钱。

我父亲阻拦不住，柜台上的东西被砸得稀里哗啦，眼看着要闹出人命来。在这危急时刻，王大伯从对门冲了过来，一脚将为首的地痞踢翻在地，其余的地痞转过身来围攻王大伯，也被王大伯打倒，他们见势不妙，连滚带爬地逃之夭夭。当晚，药材商在我家住了一宿，第二天又是王大伯将他护送到县城。

还有一次，我正在睡梦之中，被我父亲一把拽起。刚冲出房门，就看见火光冲天。原来是开茶馆的邻居老张家失火了。张家的房子和我家的房子是连着脊的草房，中间隔着两家商店，火借风势，呼呼地朝我家蔓延。

父亲拎着水桶救火去了，母亲搂着我和妹妹不住地发抖，母亲哭着说："这回俺家要毁了，这咋弄呀！"正在这时候，王大伯凭借着我家门前的柳树，"噌"地一下窜上了房顶。他举起抓钩，猛刨房草与房箔，切断火路，烟火呛得他剧烈地咳嗽，但他仍狠劲地刨。大火终于截断了，我家和西边相邻的房子全都保住了。

几年前，八十多岁的王大伯来阜阳看儿女，我请他做客。席间，我想起几十年前救火的事，便问他："房子那么高，又没有梯子，你是怎么上去的呢？听说你练过功夫？"王大伯爽朗地笑着说："年轻时练过功夫，但当时我也不知道哪里来的那么大的劲儿。救火的第二天，我还到你家门前的树底下瞅过、试过，怎么也上不去了。大概是头天晚上被大火逼出来的猛劲吧。"

王大伯的儿子叫建华，比我大六岁，小时候他常带我玩。一般大孩子不喜欢带小孩玩，认为小孩是累赘。可他比我的亲哥哥带我玩的时间还多。他教我滚铁环、踢毽子、弹珠子、捉蟋蟀，后来教我认字、画画、写作文。

他自幼就有画画的天赋，他画的红公鸡，迎着太阳，引颈高唱，跟活的一样，我把它贴在墙上。那时候我年纪小，比较懦弱，常被大孩子欺负，他一见到有人欺负我，就跑过来护着。所以，小时候我像个跟屁虫一样跟在他的后面。

1978 年我从部队转业，后来调到阜阳日报社，那时他还住在报社家属院，我们又成了邻居。我刚到报社时，还没掌握新闻写作技巧，常拿着刚写的文章向他请教，因为他原来在报社当过编辑。他总是说："这篇文章写得不错。"或是肯定标题做得好，或是说某个细节抓得好，给了我很多鼓励。

对文章的缺点他也毫不客气地指出来，使我的写作水平提高得很快。那时候还没用上电脑，写稿都用钢笔写，有时我把刚写好的初稿拿给他看，他对稿件的内容比较肯定，但对我写的字提出了批评："你的字写得太潦草了，排字工人排起来太困难，字写得要端正些。"

他送给我一本柳公权字帖、一本颜真卿字帖，让我好好临帖。他还把他写的小楷书法作品《岳阳楼记》送给了我，让我喜出望外。在他的指点下，我的书法水平有了很大的进步。

我调到市委宣传部工作后，和他在一座楼办公，我在七楼，他在六楼。他当时任组织部办公室副主任，我经常看到他一上班就忙个不停，打扫卫生，整理文件，打开水。他还跑到一楼传达室拿报纸、信件，然后分送到各个办公室，像刚参加工作的小青年一样，我感到很不理解。有一天，我忍不住对他说："你那么大年纪了，这些琐碎事应该让年轻人干。”他毫不在意地说：“他们都很忙，我的事不多，多跑点儿腿没啥。”

后来，他到颍上县当副县长，每次回老家庙台集（离县城二十五里）看望父亲，都是骑着自行车回去。有的人嘲笑他“掉价”，有的说他在县里“不捏馍”（不掌权），这些他都一笑了之。

他在县里分管乡镇企业，到乡镇检查工作，从来不让人招待。即使吃家常便饭，他也要自掏饭钱。陪同他下乡的干部说：“都啥年代了，你还自带饭票？”

也许他跟不上“潮流”，也许他办事太认真，没有满足个别人的要求，得罪了人，有人一纸诉状把他告到省里。省里派人来调查，调查组经过认真调查后，很多诬告材料都被事实否定了，最后还剩一件事没落实：有人检举他拿了王岗腐竹厂的腐竹没付钱。

原来有一次他带人到王岗乡腐竹厂检查工作，临走时，厂里给每位来检查的人都送了两箱腐竹，其中也送给王建华两箱。调查人员找到王建华核实，王建华说：“我从王岗腐竹厂拿了两箱子腐竹不假，别人付钱没付钱我不知道，但我是付了钱的。”说着从抽屉里找出一张发票，正是那两箱腐竹的购货发票。

其中一位调查人员感慨地说：“我做过这么多年的案件调查，从来还没遇到过一个干部这样严格要求自己又这样认真仔细的。”经过“地毯式”地调查，最终还了王建华一个清白。

如今，王大伯和建华大哥都驾鹤西去了，但我总觉得他们还活着。王大伯那见义勇为奋不顾身的精神，他对我的疼爱，还铭记在我的心中；我的梦中常出现建华大哥的身影，他还穿着那件洗得发白的蓝的卡外罩，还是那样温和地微笑着，还是像往常一样对我说：“我又看到你写的文章了，写得不错，有进步。”

劫匪

1949年农历三月十七，是颍上县庙台集上了年纪的人刻骨铭心的日子。因为这一天他们遭到土匪最后一次抢劫，其中有许多人差点儿送了命，是党区分队拯救了他们。

庙台集位于淮河北岸，南靠姜家湖，西临邱家湖，淮河滩上到处长满了荻柴、芦苇。荻柴滩、芦苇滩是土匪出没的地方，刘大麻子、凌大傻子等土匪经常到庙台集抢劫，庙台集被人们称之为土匪的“过路店子”，常常被土匪洗劫一空。

1949 年初，党的工作队已经来到这里开展工作。土匪来抢劫的次数日渐减少，没想到农历三月十七这一天，土匪头子刘大麻子带着百十号土匪，一大早就乘船来了。他们上岸后，装扮成赶集的人，有的挑着菜挑子，装着卖菜，手枪放在菜篮子里；有的挑着柴火捆，长枪捆在柴火里；还有的把枪掖在裤腰里。

这天天气晴朗，又赶上逢集，来赶集的人很多。鱼行里摆满了鲜鱼，肉架上挂着刚宰杀的猪肉，街上人群熙熙攘攘，做生意的吆喝声和讨价还价的争吵声混在一片，十分热闹。谁也没想到，一场凶杀抢劫的灾难即将来临。

太阳当空，赶集的人到齐了，突然，“砰砰”两声枪响，人们惊恐地停止了活动。这时，土匪头子刘大麻子出现在十字街头，他厉声高叫道：“给我抢！抢过了烧！烧过了杀！我要叫庙台集的人知道我的厉害！”土匪们纷纷从菜挑子里、柴担里抽出了长短枪，开始了抢劫。

他们窜进店铺，像饿狼一样，见钱就抓，见好吃的就往嘴里塞。一个五短身材的土匪窜到卖杂货的张朋乐老人店中，掀翻了货架，到处找钱，没找着钱，照着老人的脸上就是几巴掌，打得老人满脸是血。

土匪们钻进各家各户，有的抢粮食，有的抢布，有的扛起猪肉案子上的肉就走。赶集的人能逃的逃了，没逃掉的人被土匪用绳子捆绑后，拉到集西头准备集中杀害。“砰”的一声枪响，一个名叫马文光的人倒在了土匪的枪口下。

当土匪拉动枪栓准备开第二枪的时候，有个姓尤的人对着土匪高喊：“你们朝北看，谁来了？”土匪扭头一看，果然是穿着灰军装的党区分队，紧接着就听见“达、达、达”的机关枪声，土匪丢下被捆绑的人，拔腿就往淮河岸上跑去，乘上他们来时的船只逃跑了。

原来头天晚上，区分队来到了距庙台集五里远的沈家楼。第二天早晨，炊事员何东山到庙台集买菜。他从土匪的菜挑子里发现藏有枪，赶紧回去报告。当区分队接到何东山的报告，赶到庙台集时，土匪们有的正在点火准备焚烧店铺，有的拉动枪栓正在枪杀无辜的百姓。

在这紧急关头，区分队赶到了，他们占据制高点，虽然只有一个班的兵力，敌众我寡，但土匪毕竟是乌合之众，抵挡了一阵子，最后乘船逃之夭夭。

新中国成立初，刘大麻子逃到河南固始县，改名换姓，混进了革命队伍，并当了区干部。1954 年淮河发大水，庙台集被淹得房倒屋塌，吃饭成了大问题。当时交通不便，运粮困难。为了救济灾民，政府组织灾民到固始县“异地就食”。

俗话说，冤家路窄，负责接待庙台集灾民的区干部就是刘大麻子。虽然事隔多年，灾民中还是有人从他那张麻子脸和熟悉的口音中认了出来，向当地政府检举。公安机关立即将刘大麻子逮捕归案，并押回原籍颍上县半岗店执行枪决。

过冬

我的老家住在淮河边上，小的时候，冬天特别冷。雪下几尺深，屋檐下的冰锥垂到地，淮河面上可以行人，过大车（又叫太平车，四个木制的车轮）。喜鹊、乌鸦找不到东西吃，在房顶上或树枝上喳喳、哇哇乱叫；兔子找不到东西吃，冒险跑到村子里寻找食物，啃豆秸或麦秸，常常掉进狗嘴里。

1954年发大水，原来的教室全被淹倒了，水罢后，新盖的教室窗户还没装上，八下里透风，教室里连个火炉都没有，冷得如同冰窖。同学们的衣服又比较单薄，浑身上下直冒凉气，有的冻得直发抖。下课的铃声一响，呼地一下子就跑了出去，靠玩耍来取暖。

女孩子大多参与踢毽子。我们班有位女同学，个子比较高，扎着两条羊角辫，她踢毽子时，姿势优美，羊角辫随着身体的摆动左右摇摆。她除了会把毽子从左脚踢到右脚，还会旋转身体接过踢得高高的毽子，或从背后接过毽子，一气能踢几十个，基本不重样。女同学们都围着她拍手叫好。

男同学们喜欢“跳山羊”，一个男孩儿弯着腰，两手撑在膝盖上，同学们轮番从他背上跳过，跳不过去的将“山羊”换下来，由他当山羊。“跳山羊”要不停地奔跑，几圈跑下来，身上就暖和了。

我小时候动作比较笨拙，不敢跳山羊，就参与“挤油油”。“挤油油”很简单，大伙贴着墙壁一字排开，从两端往中间挤，谁被挤出了队伍，就跑到队尾去接着挤。

那时候新来的老师很年轻，十七八岁，他看我们挤得很热闹，也参与挤。同学们使出全身的力气挤，谁被挤出队伍，便爆发出一阵叫声、笑声，不一会儿，头上就冒出了热气，个个脸蛋红扑扑的。直到上课的铃声响了，同学们才停下来，慌忙往教室里跑。

当大雪封门的时候，母亲就把火盆点燃起来，一家老少围坐在火盆前取暖。我和哥哥缠着母亲讲故事，母亲一边纳着鞋底一边讲，故事像她手中的麻线一样长，讲得我和哥哥入了迷。

父亲拿出秋天晒的鱼干，放在火钳上烤，烤出的香味，馋得我直流口水。要是没有鱼干，父亲会将红芋埋在火盆的灰堆里烤，烤出的红芋又甜又香。有时，父亲还会抓出一大把玉米放在铁锅里炒，随着一声声爆响，开出一朵朵洁白的花，又香又酥，特别可口。

后来成立了人民公社，办起了食堂，柴草归集体所有。家家户户的火盆就点不起来了，要想烤火，只有到“社屋”里烤。

社屋就是生产队养牛的地方。那时候耕牛受到法律的保护，要是生产队里的牛死了，不仅饲养员会受到法律的追究，生产队长也有连带责任。为了保证耕牛安全过冬，牛屋里要生火。因为牛屋里暖和，冬天开社员会时，都在牛屋里开。

不开会的时候，则是我和玩伴们的乐园。饲养员姓任，我们都喊他“老村长”，因为他在新中国成立初期当过村主任。他为人特别忠厚、和气，对我们这些“半大橛子”一点儿也不烦。我那时已上小学，一边烤火，一边给小伙伴们讲《格林童话》《俄罗斯民间故事》

《铁道游击队》……我讲得手舞足蹈，眉飞色舞。老村长站在一旁，和蔼地笑着，说：“乖乖，你小小年纪这么能讲，长大了能当老师。”

为了在家里能烤上火，寒冬到来之前，我从地里捡回一些牛粪，做成饼，贴在墙壁上晾晒，晒干后一块块收起来，到天冷的时候点着。牛粪点着的火虽然看不见火苗，但燃烧的时间长，温度也不低，成为全家人一冬的热源。

后来食堂解散了，每年分的柴草不够烧饭用的，用来烤火成为一大奢望。为了冬天有火烤、有柴火烧饭，拾柴成了我从初中到高中毕业六年农忙假期间的主要任务。

收麦时，我拉着竹筢子到处搂麦茬；秋季，我到邱家湖搂豆叶；深秋，淮河南岸割荻柴时，全家老少齐上阵，帮人家割荻柴，连我母亲都挪着一双小脚去割荻柴。荻柴叶子锋如锯齿，把手臂、脚脖割出道道血口，荻柴茬子尖如利刃，能把鞋底穿透。割出的荻柴归人家，剩下的荻柴叶子拉回来，解决一冬的取暖烧饭问题。

又是一年寒冬至，当我打开空调，房间里顿时暖和起来。我站在窗前，遥望家乡，想起父亲母亲，想起冬天的火盆，仿佛闻到父亲烤鱼干的香味，仿佛听到母亲讲故事的声音，也让我想起用牛屎饼烤火和在牛屋里烤火的岁月。

淮河

我的老家住在淮河边上，淮河水从河南桐柏山流来，从我家门前流过，淮河边的柳林、河滩是我童年的乐园。

春天一到，淮河岸边那陡峭的河坎经过一冬的严寒冰冻，泥土变得细碎、松软，我和小伙伴们把它当作“土滑梯”，爬上去滑下来，既轻松又舒服。

“五九和六九，抬头看杨柳”，淮河边上到处生长着护堤柳，刚打过春，柳树就开始发芽长叶，柳梢一天天地变化，由鹅黄色逐渐转变成绿色。我和小伙伴们三五成群地跑到柳林里，爬上柳树，攀折柳枝，做成柳帽或柳笛，然后戴着柳帽吹着柳笛在淮河滩上疯跑。

到了农历五月，河滩变暖的时候，甲鱼从河里爬上岸，在沙滩上产卵，我们会顺着甲鱼留下的痕迹，找到它们产卵的窝，扒出它们产的卵，一只甲鱼一窝能产下七八个卵，圆圆的，白生生的。拿回家时，常常遭到大人的训斥：一个卵就是一个命，你扒它干什么！

甲鱼还喜欢爬到岸上晒太阳，晒太阳时，会把一只后爪伸出来，头昂起来，神气活现，见到有人来了，就会慌忙朝河里爬去。这时候，你只要朝它正前方扔一个石块，它会立即卧在淤泥里，你赶过去，在它搅浑水的地方，一抓一个准。

那时候，人们不知道甲鱼营养丰富，更不能用甲鱼招待客人，若用它招待客人，会被认为是对客人的污辱。渔民们很少捉甲鱼，所以淮河里的甲鱼很多，春天在河边上玩，常常会遇到在河边晒盖的甲鱼。

初夏时节，当柳絮飘飞的时候，河面上会出现一种叫“柳绵蛾”的昆虫，状如蜻蜓，但个头小，灰褐色，出现的时间很短暂，只有一天。

捕捉柳绵蛾对我们这些孩子来说，如同盛大的节日。清晨，河边上所有能下河的人，都带上捕捉柳绵蛾的工具赶到河边，有的扛着渔网，有的扛着竹竿，竹竿的一头拴着绳子，小伙伴们拿着盛馍用的罩头子或竹篮子，站在河边上。

太阳升起，不知谁喊了一声：“柳绵蛾出来了！”本来风平浪静的河面上顿时钻出无数只柳绵蛾，一眨眼的工夫，河面上覆盖着密密麻麻的柳绵蛾，大人小孩一齐动手，有的用网抄，有的用棍子将柳绵蛾往一处赶，用罩头子撮。刚把第一批出现的柳绵蛾捞完，第二批柳绵蛾又出现了。人们大呼小叫，手忙脚乱。当太阳高高升起时，柳绵蛾突然之间消失得无影无踪。满载而归的人们，将柳绵蛾掺上鸡蛋、韭菜煎炒，比河虾还要鲜美。吃不完的，就晒干存放起来，作为冬天的下酒菜。

汛期到来的时候，洪水汹涌澎湃，河面上一个漩涡跟着一个漩涡，洪水带来树枝杂草和泥沙，也带来各种鱼群。我目睹过一群黑鱼从河边游过，也见过一群鲫鱼从河边游过。那些鱼儿一条挨着一条，让我懂得了什么是“过江之鲫”。

我缠着母亲用纱布、铁丝和竹竿给我缝制了一个抄网，网口有脸盆那么大，按上一根竹竿。天不亮，我就来到河边，坐在溜水口处，顺着河水的流向一网一网地捞，网网不落空，有窜条子、麻鞭子、麻姑妞子，小虾、银鱼通体透明，一个早晨就能捞上三四斤。

洪水过后，留下一片片沼泽，沟满塘平。有水就有鱼，我跟着哥哥到处逮鱼。逮鱼的方式有两种，一种是“竭泽而渔”，另一种是“浑水摸鱼”。对水浅的沟溏，我们把沟塘的两头用泥巴堵起来，用脸盆或木桶将水戽干。这时，各种鱼儿在泥水中挣扎，鲫鱼、鲶鱼、鲑鱼、黄箭、石滚皮、肉头窜子……各种各样的鱼任人捡拾。我和哥哥只捡大的，不拾小的。对扎手的颌牙鱼、泥鳅狗子，我们全都不屑一顾。

遇到水深的沟塘，一时半会儿难以戽完，我和哥哥就脱个精光，跳入水中，趟过来趟过去，并用双臂将水搅浑。缺氧的鱼儿，一个个将头探出水面呼吸。我们根据鱼头的大小、形状，择其大者而捞之。有时，一处沟塘就能捞二三十斤，用绳子将鱼儿一条条串起来，兄弟俩高高兴兴地把收获抬回家去。

儿时的冬天，天特别冷，河面上结起了冰。哥哥会拉着我去溜冰。这时候，溜冰的人很多，比现在的溜冰场还要热闹。

有时候，我们正在溜冰，娶新娘子的队伍抬着花轿从河面上走过，听到呜里哇啦的唢呐声，溜冰的人会一下子溜过去，拦住送新娘子的队伍要喜糖。送亲的人早有准备，把梨膏糖、染红的花生撒在冰面上，趁着大家抢喜糖、花生的时候，送新娘子的队伍过河而去。

采药

1956年，我十岁。十岁之前，我家开着中药店，每天有三名老中医坐堂行医，有中医内科，还有中医外科。四村八乡来看病的农民络绎不绝，我和哥哥从不缺零钱花。1955年实行公私合营，我家的药店被取缔了，父亲成了“联合诊所”的一名员工，拿的是死工资，花一个少一个。三十元钱的工资养活一家五口人，月月都得打饥荒。想有零钱花，就得自己想办法挣。

隆冬刚过，淮河上的冰块融化了。渔民们拎着撒网到淮河里捕鱼。河滩上留下了一堆堆被他们扔下的废物：树枝、石头，还有“赖歪子蚌”壳。我就挎着一只竹筐，专捡“赖歪子蚌”壳。“赖歪子蚌”有手掌那么大，蚌壳有小孩手掌那么厚。它的学名叫“珍珠母”，是治疗失眠的良药，又是当时加工纽扣的原料。

每个星期天上午，我挎着筐，顺着河滩走，边走边捡“赖歪子蚌”壳，每次能走上十来里，运气好时可以捡到二斤多。卖到收购站，可以卖到一元多钱。当时的一元钱能买一百根油条或五十个鸡蛋。对于这个挣钱的门路，我一直坚持了十来年。

清明前后，蒲公英开花了，河坝上、道路旁、沟沟坎坎……到处开满了金灿灿的花朵。我家开药店时，父亲常带着我到地里采集蒲公英。我跟着他，一边挖一边问他蒲公英能治啥病。他告诉我，蒲公英能清热解毒，是治疗乳痈的良药。所以当蒲公英开花的时候，我每天一放学，就挎着筐到处挖蒲公英，挖回来洗净晒干，父亲到县城办事时，卖给药材公司。一个春季，可以挣四五元钱。母亲常用这些钱给我做一件新衣裳。

芒种过后，小麦收割完毕，麦茬地里生长着一种名叫“半夏”的中草药，因其在半夏时节采收，故名半夏。采收的时间只有十来天，因为割完小麦，麦茬地种上了黄豆，就不能挖半夏了。而我老家颍上县的半夏为地道药材，称之为“颍半夏”，是燥湿化痰、降逆止呕、消痞散结的良药，是中医名方“二陈汤”“小青龙汤”中的主药，也是药材公司敞开收购的中草药。

放麦假时，我和母亲一道挖半夏。半夏地上部分有三个叶，地下的根块有小玻璃球那么大，长在一尺多深的地方，必须下大力气才能把它挖出来。

我用锹挖，母亲忙着捡，连中午饭都顾不得回家吃，渴了，从水井里提一罐“井拔凉”，咕嘟咕嘟地喝一气；饿了，啃几口干馍。我把挖回来的半夏搓去皮，晾晒干，每斤三角钱，二十多斤半夏也能卖上五六元钱。

为这五六元钱，我和母亲在地里忍饥挨饿，在火辣辣的太阳底下晒七八天，胳膊、脸常常被晒得脱一层皮。特别是母亲更苦，她挪着一双小脚，从南地挪到北地，到了晚上脚后跟疼得不能着地，我给她洗脚、揉脚，减轻她的痛苦。可是，她躺在床上仍然疼得一声声呻吟，第二天，照样跟着我去挖半夏。

夏秋季节是采集中草药的好时候，如益母草、鱼腥草、紫苏、藿香……采集这些中草药时，要有一定的专业知识，有的采集穗，有的采集梗，有的采集根，父亲是中药师，对这些特别在行。放暑假时，我在父亲的指点下，到处采收中草药。我都跑遍了方圆好几里的村庄，不少人见了我，就说："挖中药的来了。"

即使到了冬季，我也不闲着。严霜过后，霜打的桑树叶，像金黄色的蝴蝶一样从树上落下来。“霜桑叶”能利水消肿，也是一种常用的中草药，我一片一片捡起来，装在麻袋里。一棵大桑树下能捡一麻袋。

桑树一身是药，桑枝、桑白皮（桑树根的皮）各有各的药用价值。放寒假时，百草凋零，很难采集到草药了。我常背着草筐，带着镰刀、粪锄，到河坝上割桑枝或刨桑根。父亲用药刀将我割来的桑枝一刀一刀截成一拃长，捆成把，将桑树根的皮刮下来，加工成桑白皮“饮片”，卖给药材公司。虽然钱不多，但多少能补贴家用，或用来交来年的学费书本费。

每当我采集药材归来，母亲常用怜爱的目光看着我，关切地问：“饿了吧？渴了吧？”又心疼又赞许地说，“男孩子不吃十年闲饭，真是一点儿不假。”

童年的生活是艰辛的，但在艰辛的劳动中，我学到了丰富的中草药知识，培养了我在艰苦环境中的生存能力，懂得了父母养活我们不易，更加珍惜在校读书的机会，不论在学生时代还是十年军旅生涯，一想起小时候挣钱那么难，再苦再累也能接受了。

零食

我小时候（20世纪50年代）是在淮河边度过的。家乡地处穷乡僻壤，又刚解放，日子过得还是比较苦的。但我记得小时候还没缺过零食。这些零食中，有的是爹妈给的，有的是自己在地里采的、水里捞的、树上摘的，应有尽有。

春暖花开时，田埂边、河坝上、荒坡上，绿草如茵，野花争妍，茅草根迫不及待冒出一根根花苞，尖尖的，像一支支绿色的利箭，俗称“鸡毛”，剥开外面绿色的或紫色的穗皮，露出像棉花般洁白的絮，嚼在嘴里甜丝丝的，很筋道。

我就像现在的孩子嚼橡皮糖一样反复咀嚼，不过橡皮糖嚼到最后就吐了，而“鸡毛”嚼到最后嚼成了浆，很舒服地咽了下去。父亲是一位老中医，他告诉我，茅草根是一种良药，具有凉血、止血、利尿、退热的功效。现在的孩子很难想象，这种野草，也能成为我们的零食。住得离学校较远的学生，来上学时，每人都带来一大把“鸡毛”。

除了茅草的穗可以当零食外，还有不少野草的根、茎、叶、花、果都被我和小伙伴们当零食。比如，鸡骨草，其根状如鸡爪，富含淀粉，味甜；野葱，药名叫薤白，茎、叶、根均可食，味微辣，是宽胸理气的良药；天蓬，一种紫黑色的浆果，酸甜可口；马泡瓜，大的如鸡蛋，小的如弹珠，橙黄如金橘，味道酸甜，到了秋天，几乎随处可见。一年四季，我们都能找到可以采食的东西。

初春时节，沟塘水比较浅，是收获藕的好时节。种藕的农民将塘里的水放干，有的用锹挖，有的穿上皮裤（用牛羊皮缝制而成）下去踩，踩着了藕节再弯腰拔出来。这时候的藕节淀粉足，煮之前再往藕的孔眼里装上糯米和少量红糖，煮熟后，又面又甜，特别可口。每到这个季节，母亲总要煮一些面藕放在我的书包里，给我当零食。

樱桃是一年当中最早成熟的水果，被称之为“春天第一枝”，樱桃那又酸又甜的滋味，那小巧玲珑的样子，让人馋得直流口水。我家房后那棵樱桃树刚打花骨朵时，我就数着指头盼日子，希望早一天吃到樱桃。樱桃成熟的时候，每天一放学，我就爬到树上，边摘边吃，总是吃不够。落在地上的樱桃，母亲舍不得丢，一粒粒捡起来，晒成樱桃干。

比樱桃稍晚一点儿成熟的是桑葚子。那时候养蚕的人家很多。村子周围都有桑树，有的桑树虽年头很长，但仍然枝繁叶茂，紫红色的桑葚结满了枝头。当桑葚熟了的时候，姐姐会带着我采桑葚。一个上午就能采回满满一篮。桑葚，一咬一包水，甜而微酸，让人百吃不厌。

麦黄杏是在麦穗变黄的时候跟着成熟的，我有一家亲戚种了一片杏树林，他家离我家七八里路，每到杏子成熟时，这位亲戚会摘上一篮杏子专程送来。他家的杏子又大又甜，我吃了这个吃那个。这时候，母亲就说："桃饱人，杏伤人。"意思是，桃子吃饱了也没关系，杏子吃多了会伤害身体。尽管当时我嘴很馋，母亲也不让我多吃。

新中国成立初期，淮河水不断泛滥成灾。种的芝麻、黄豆、红芋都难以保收，而种高粱不怕淹，所以家家种高粱。那时候，有"立秋三天遍地红"之说。

老家称高粱为秫秫，不结穗的秫秫叫哑巴秫秫，哑巴秫秫的秸秆比较甜，叫甜秫秸。秫秫快成熟的时候，我和村里的孩子们常常钻到秫秫地里，专门找哑巴秫秫当甘蔗吃，吃不完带回家。

到了秋季，塘里的菱角熟了，鸡头籽也熟了。当时，人口还比较稀少，这些水生植物，大部分还是野生的，随便采摘，没人管。我和小伙伴们采摘菱角的办法很简单，就是用一根绳子拴上砖头，将砖块扔到塘中，然后往岸边拉，将菱角秧拉到岸边后，把菱角摘下来，一个上午就能摘十来斤。

鸡头籽（药名芡实）的果实状如鸡头，外面长满了刺，我先用镰刀把鸡头果割下来，再将外壳踩烂，一粒粒滚圆的鸡头籽就散落下来。鸡头籽煮熟后，又甜又筋道，特别好吃。晒干的鸡头籽，放在锅里炒，能炸出一朵朵洁白的花，又好看又好吃。父亲告诉我，藕、菱角、鸡头籽这些水生植物的果实都有滋阴补虚的作用。我虽然不懂这些补阳滋阴的道理，但觉得这些水里长的东西很好吃。

到了深秋，红芋、萝卜、胡萝卜、花生、大豆等农作物都成熟了，炒花生算是上等的零食了，如果家里没种花生，母亲就会把豆子炒熟了再放上盐，炒熟的黄豆又香又咸，叫作香香豆，我还把香香豆带到学校里吃。有时上课时，禁不住嘴馋，抓几粒放到嘴里，“咯崩”一声，引得同学们哄堂大笑，老师把我叫到黑板前罚站，那时年龄小，也不嫌丑。

每天放学时，我边跑边唱：“二呀么二郎山，高呀么高万丈……”母亲依门而望，只要一看到我的身影或听到我的歌声，就从锅灶的灰烬里刨出烧得软乎乎香喷喷的红芋，说：“饿了吧？趁热乎吃。”她看我狼吞虎咽的样子，慈祥地笑着说：“半大橛（小男孩儿），粮食穴（粮囤），多吃点儿好长个。”意思是，我正是长个的年龄，特别能吃，得有个粮囤才够吃的。

母亲还把红芋煮熟了，切成片晒成干给我当零食，熟红芋干的美味让我至今难忘。她还把胡萝卜切片晒干，然后炒给我吃。她像炒糖栗子那样，先将粗沙粒炒烫，再把胡萝卜干放进去炒，这样炒熟的胡萝卜干又香又酥。遇到灾年，这种胡萝卜干是我冬季最常吃的零食。

鸟语

淮河滩上有一眼望不到头的荻柴滩、芦苇滩，有绵延数百里的柳林。家乡的周围都是湖地，南有姜家湖，西邻邱家湖，东靠戴家湖，北有八里河。每个村庄都生长着郁郁葱葱的环村林。

我小时候还有不少土地没种庄稼，种的是茴草，因为那时候住的全部是草房，收的茴草用来苫房，既挡雨又经得起雨水沤。

湿地、树林、荻柴滩、庄稼地、茴草地为鸟儿的栖息繁殖提供了最佳环境，所以抬头就能看见鸟巢，处处能听到鸟语。能看到的鸟儿有喜鹊、画眉、乌鸦、大雁、云雀、八哥、斑鸠、猫头鹰、水咕咚、苇喳子、布谷鸟、鹌鹑、野鸡等几十种。

每年一开春，燕子就从南方飞回。在堂屋当门的房梁上筑巢，它们欢快地飞来飞去，一边衔泥一边啾啾地叫个不停。特别是雏燕孵出之后，母燕从外面打食归来，雏燕张着黄嘴丫争食母燕捕回的虫子，发出迫不及待的叫声。我站在燕窝下面，仰望着这母子之间热烈的情景，也兴奋得手舞足蹈。

桃花盛开时，正是我和小伙伴们在野地里放羊的时候。我们赶着羊群朝水草肥美的地方走去。走着走着，突然“哧溜”一声，一只云雀从草地里射向空中，直插云霄，快如一道耀眼的闪电，飞到几十米的高空时，停在那里，扇动着翅膀，边飞边唱，那圆润的歌声美妙动听。我们躺在草地上，边放羊边入迷地听云雀歌唱。

每年清明节后，布谷鸟便从遥远的地方飞到我的家乡，从早到晚地纵情歌唱："咕咕、咕咕"的声音，很像"布谷布谷"的发声。乡亲们把它的叫声翻译成"播谷播谷"，就像催人耕耘的号角，在乡间田野上一下子拉开了春耕播种的序幕，男人扛起犁耙，深翻闲了一冬的土地，播下高粱、谷子、春芝麻等春播作物。妇女在房前屋后点瓜种豆，忙个不停。

那时候喜鹊很多，我家屋后的大椿树上，就有两个鸟巢，比邻而居。每当它们觅食归来，就喳喳喳地叫个不停，就像两家邻居叙家常一样。人们最喜欢听到喜鹊叫。"早晨听到喜鹊叫，一天的喜事要来到""喜鹊叫喳喳，喜事要到家"……这些俗语里蕴含着吉祥与喜庆。

与喜鹊叫声相反的是猫头鹰的叫声。村北的松树林里常有猫头鹰出没，猫头鹰在黑夜中的叫声阴森恐怖。“猫头鹰进宅子，不死大人死孩子”“不怕夜猫子（猫头鹰的别称）叫，就怕夜猫子笑”，这些民间俗语，把猫头鹰当作“不祥之鸟”，称猫头鹰为报丧鸟等。因为猫头鹰嗅觉灵敏，能够闻到病入膏肓的人身上的气味，并且会发出笑声，在很多地方听到猫头鹰叫声后数日之内会死人确实不是迷信。

其实猫头鹰的最大功劳是捕食野兔和田鼠，一天之内能捕食上十只至五十只田鼠，一只猫头鹰一个夏季所消灭的老鼠和野兔，相当于保护一吨粮食。

夏季，在淮河边上或在稻田里，常能看到各种鹭鸶鸟，有羽毛洁白如雪的白鹭，有羽毛金黄的黄鹭，还有羽毛灰色的苍鹭，它们或绅士般地迈着缓慢的步伐，伸着长长的脖子寻找小鱼；或伫立水边，耐心地等待鱼儿从它身边游过，我们叫它“老等”或“哇子”，因为它们的叫声“哇哇”。

别看它们的叫声不多，却能起到天气预报的作用。在我幼小的时候，母亲就告诉我，“早哇阴，晚哇晴，半夜哇叫雨淋淋”，根据鹭鸶不同时间的叫声来判断天气的变化，每次都准确无误。

秋高气爽，地里的庄稼割完了，大地光秃秃的，野鸡和鹌鹑从庄稼地转移到茴草地里，茴草地成了它们赛歌的广场。鹌鹑的叫声响亮，咕喳喳咕喳喳，此起彼伏。野鸡的咯咯的叫声一阵接着一阵。它们的叫声唤来捕鸟人，有的张网以待，有的操枪瞄准。但鹌鹑和野鸡的生存能力和繁衍能力极强，虽年年遭到捕杀，但年年歌声依旧。

深秋时，地里的麦苗绿油油的，这时大雁飞回来了。正如小学课本里所描绘的，空中的雁阵，一会儿排成人字，一会儿排成一字，发出一阵阵苍凉的雁叫。

到了三九天，大雁拉下的粪便冻成了一个个绿色的冰疙瘩，妇女和孩子们挎着竹筐，到麦地里将大雁的粪便拾回来喂猪，个个满载而归，雁粪成了养猪的好饲料。

茶馆

在我的童年记忆里，老家的茶馆是个很热闹很有趣的地方，不但有很多人来这里喝茶，还可以在这里听大鼓、听评书、听“三弦”，每天晚上，这里要热闹到深更半夜。

开茶馆的师傅叫张朝敬，他家的茶馆与我家药店隔着两家店铺，一条脊的草房，住得很近。因为是邻居，我叫他大爷。张大爷的茶馆不大，也就是两间草房。茶馆里摆着几张八仙桌，每张桌子旁放着四条长凳子，最多可坐三四十人。

茶馆的门里有一个长方形的老虎灶，灶上摆着五六个大铁壶，张大爷整天忙着加煤、烧水，水开了，为客人续水。茶馆的水源是淮河水，那时淮河还没被污染，水质甘冽清甜。全集的店铺都到这里打开水。

由于我的老家庙台集地处淮河两岸交通要道，来往于颍、霍二县的旅客都要从这里乘渡船过河，常在庙台集上歇脚，茶馆是他们的最佳去处，他们可以在这里喝茶解渴，又可以在这里吃些干粮解饿。

张大爷待人和蔼可亲，且是个慈善之人，开茶馆本小利微，但张大爷对客人从来不“抠”。过路的要喝开水，腰里实在没钱，他也给喝。讨饭的、算命打卦的，来这里讨一碗水喝，张大爷也热情地倒一碗开水递过去，没喝足的，他就再倒一碗。

庙台集分逢、背集，隔一天一集。逢集时，来这里喝茶的都是四村八乡赶集的农民。背集时，则是集上的生意人。他们端着自己带来的茶壶，边喝茶边叙家长里短、逸闻趣事。张大爷也常请集上的"文人"来这里读章回小说。《水浒传》《三国演义》《镜花缘》《薛仁贵征东》，凡是能找到的章回小说，都拿到这里读。在这里义务读书给大家听的，除了读过四书五经当过私塾先生的"老夫子"外，有时本集上的小学教师课余时也来读书，听众听不懂的地方他们还给解释。

记得我有一位姓尤的邻居读到《诸葛亮舌战群儒》时，他本来是坐着读的，突然激动地站了起来，读得慷慨激昂，仿佛他就是诸葛亮的化身，听众也都跟着他激动起来。来读书的人很受街邻街坊的尊重，认为他们是有学问的"先生"。

到了晚上，茶馆则成了剧场。唱大鼓的大都是路过的民间艺人，而听众的要求比较高，如果你唱得好，唱的内容是过去没听过的，则留着你多唱几天，集上的“人头”（说话算数的）负责安排食宿，代为收取演唱费；如果你唱得稀松，内容是大家听过的，第二天就会打发你离开。

让我印象最深刻的是一位外号叫“左瞎子”的民间艺人，他一人兼三职：拉三弦、打木板、演唱。他手弹三弦琴，膝盖上绑着木板，手、脚、口并用，相互配合。虽然双目失明，但其唱腔优美，表演生动，三弦琴弹得如泣如诉，常常感动得听众泪流满面。由于左瞎子唱得迷人，我和哥哥当时虽然年龄不大，也常常听到深更半夜，父母怕影响我们第二天上学，不让我们去听。可是父亲一忙，我们兄弟俩就溜到茶馆里去了。长大后，当我听到阿炳的《二泉映月》时，我就会想起左瞎子，我觉得他就是阿炳式的人物。

新中国成立初期，除了春节前后唱几天戏外，平时很难看到文艺表演，而茶馆就成了老百姓的文化娱乐中心。每天晚上，只要大鼓咚咚地敲起来，街上的热心听众就自动地向茶馆聚集，先到的坐在茶馆的板凳上，晚到的只能在门外席地而坐。

哥哥小时候是个大鼓迷，他八九岁的时候曾悄悄地跟我说，他长大了也唱大鼓。我把他的话学给父亲听，父亲很生气，骂他没出息。后来他高中毕业，回乡务农，劳动之余写小说，编唱词，写剧本，写曲艺段子，加入了安徽省曲艺家协会和省作家协会。我上初中、高中时，作文一直受到老师和同学们的称赞，老师对我作文的共同评价是"会写故事"，我想可能是因为我们弟兄俩从小听大鼓、听评书打下的童子功。

人们常说，一方水土养一方人。老家的茶馆像文化沙漠里的一眼清泉，滋润了当地的乡土文化。

初中

1960年秋，我考进了颍上县临淮中学，这是一所新建的学校。这个学校的名字很好听，接到录取通知书那几天，我像中了状元似的高兴。

可是当我背着被包到了学校一看，傻眼了，除了两栋简易教室和一栋教师宿舍，连寝室也没有。一口水井里的水专门用于食堂做饭，学生洗脸刷牙都是跑到南面一口大塘里舀水。教室白天当课堂，晚上把桌子并起来当床，学生多，睡不下，每两个人伙着睡，一个同学的被子当铺被，另一个同学的被子盖在上面。

每天早晨一起床，老师带着男女同学浩浩荡荡地到五里外的窑场上背砖，肚子饿，砖块重，细麻绳勒得同学们龇牙咧嘴。来回十来里，回到学校，累得连说话的力气都没有了。

早饭抬上来了，一大桶稀饭，是用玉米糁子熬的粥，香喷喷的，每个人都想多喝一口，但是只能喝上一勺（一勺就是一碗）。

稀饭稀稠不均，盛饭时舀得难免有多有少，每个学生都眼巴巴地望着盛饭的勺子，渴望给自己多盛一点儿。这样一来，就带来一个盛饭人公平的问题。在全班同学推举下，一致推举班主席沈学玉掌勺。

沈学玉掌勺后，仍有人说他盛得不公平。沈学玉气得甩手不干了，可是别人掌勺，大家又不同意。沈学玉只好接着干，他每次盛饭时先盛一碗放在那里，如果谁认为给他盛少了，可以跟他换。

由于沈学玉每次都给自己少盛一点儿，结果没有一个人跟他换。本来每月的伙食只有 18 斤粮食，根本不够吃，沈学玉又自觉地顿顿克扣自己，他变得更加面黄肌瘦。

有一天上课时，老师发现沈学玉不在课桌上，问沈学玉到哪里去了，一位同学说，刚才我和他一道上厕所去了，老师说：“赶紧上厕所找找看。”同学们赶到厕所一看，沈学玉同学饿昏了，倒在厕所里。

同学们七手八脚把他抬进教室，老师从他宿舍里找来半块馍，用开水泡泡，灌到他嘴里，过了好大一会儿，他才慢慢苏醒过来。

我们班有个同学，因为饭量大，吃得多，同学们给他起了个外号，叫他“大肚子”。其实那时候因为肚子里油水少，都特别能吃，人人都是大肚子。

有一天吃晚饭时，有几个同学跟大肚子打赌：你不是能吃吗？你要是能把十个菜团子（用红芋面掺红芋叶子做成，每个重半斤多）吃下去，我们全都送给你吃。参与打赌的不够十人，让我也参加。同学们又说，你若吃不完，吃下去的你得赔我们。

大肚子慨然答应。他狼吞虎咽地吃起来，吃到第九个时，我看他撑得实在吃不下去了，就说：“你甭吃了，甭把你撑坏了。我那个菜团子送给你吃了，不用你赔。”其他同学也跟着说：“算了，算了，甭吃了。我们都送给你吃了。”这时候大肚子才停下来。

尽管大肚子饭量很大，但他每天晚饭只喝一碗菜汤，把那个菜团子省下来，周末时带回家给他娘吃，他怕他娘饿死了。吃晚饭时，他怕看别人吃那个菜团子自己馋得忍不住吃了，就把一碗菜汤喝完就离开了。这样做，不仅需要一份孝心，还要有坚强的意志力才能做到。

每天上课时，他把省下来的菜团子用网兜子装着提到教室里，晚上放到枕头边，金贵得像宝贝似的，唯恐被别人偷了去。而他自己饿得眼窝深陷，皮包骨头。一连两个多月，他就是这样省着。

学期终了，考完期末考试，第二天就放学了，他到厕所解小便回来，突然发现菜团子不见了，立即放声大哭起来。同学们让他仔细找找，他怎么也找不到，他怀疑被另一位同学偷吃了。

开始他指桑骂槐，后来越骂矛头指向越明显，那个被怀疑的同学实在忍不住了，就问他："你骂谁？""我骂的就是你！"两个人就打了起来。那个同学比他个子矮，年龄小，打不过他，吃了亏，非常委屈地哭起来，当天晚上忍气吞声地睡了。

夜里下起了大雪。第二天一大早，雪下有尺把深，这位小同学提前起了床，提前把被子捆好，送到回家的路上，然后返回来，趁大肚子未醒，骑在他身上暴打了一顿。当他爬起来，穿上衣服，去追赶他时，那位小同学早就跑远了。下学期开学时，他再也没回来上学。

几十年后，我见到这位小同学。他对这件事还耿耿于怀，他说："想想那时候真可怜，为几个菜团子打一架，为几个菜团子，我被冤枉，失去了上学的机会，让我这辈子蹲在农村出不去，把一辈子的前程葬送了，就为那几个菜团子呀！"

1961年我们刚入学时，甲乙丙三个班，共有一百二十多名同学。到1963年初中毕业时，三个班并成一个班，加起来还剩下十七名同学，其中还有三名同学是从其他学校转来的，其余的全都饿跑了。

从 军 记

失之东隅 收之桑榆

我的老家在淮河边上，是一个很小的集镇——庙台集。20 世纪 60 年代，出了两个大学生：一个考取了山东农学院，一个考取了蚌埠商学院。

他们的家人备受尊敬，认为他们教子有方。集上几位漂亮姑娘眼巴巴地望着他们。我当时刚上初中，却暗中立志，将来一定要考上大学，成为一名让别人羡慕的大学生，让父母也沾光。

1963年夏，我初中毕业，有一天，正在地里割草，突然浑身发冷，禁不住颤抖起来。我扔下刚割下的一大堆青草，拿起镰刀、绳子往家走。一到家就倒在床上，浑身像着了火，不一会儿就晕了过去。父母慌了，赶紧请医生来看。一位中医说我得的是伤寒病，另一位医生说发疟疾，还有一位医生说我中暑了，休息过来就好了。

没想到我一病就是四十多天。由于家境贫寒，基本没怎么治，全靠自身的抵抗力硬抗。这时姐姐从外地寄来十五斤粮票，父亲和粮站恳求，买了十五斤细粮（大米和麦面），母亲每顿熬半碗粥或做半碗面鱼茶维持我的生命。

四十多天的疾病折磨，搞得我骨瘦如柴。三伏天别人穿着短裤、短褂还嫌热，我却穿着哥哥的大衣在外面晒太阳，浑身四两劲儿都没有。

就在这时候，我接到颍上中学的高中录取通知书。尽管身体这样差，我还是一心想去上学，我想的是，只有上了高中，才能实现上大学的梦想，跳出穷坑。父母劝我，我不听，哥哥说：“你病成这个样子，到学校里也坚持不下去。我到学校给你办个休学手续，等你身体好了，明年再上。”我也不听。

等到我刚能走路时，已经到了 9 月 10 日，开学已经十天。父亲给我挑着衣被和书，我跟在后面，走走歇歇，二十五里路歇了十来次，从早晨走到下午，才赶到学校，父亲为我报名后，一步三回头地离开了我。

正如哥哥所预料，我根本学不下去。因为缺了课，加上体质差，上课时，既听不懂，又浑身难受，昏昏沉沉的，老师在上面讲，我在下面打瞌睡。这时才后悔不该来上学。

但是上大学的强烈愿望支撑着我，随着健康逐渐恢复，加上拼命努力，我的学习成绩一点点儿赶了上来。等到高中毕业的时候，虽然数理化成绩不够理想，但我的文科成绩已经站住了脚。从高一到高三，我的作文一直受到语文老师的称赞，一本历史复习资料，虽不能说倒背如流，但每个历史时期发生的重大事件、年月、主要历史人物，我都记得一清二楚。特别是外语，我把三年的外语课程全都背了下来，每个单词的尾音（学的是俄语）都不放过。

毕业考试时，我的外语课得了 99.5 分，我还不服气，拿着试卷和高二上学期的外语课本，找到外语老师，跟他争辩，说这道题我回答得并不错，这 0.5 分扣得不对。外语老师看了课本的原文，立即做了纠正。可见，我对考大学做了怎样充分的准备。

就在这万事齐备，只欠东风的时候。1966 年 5 月 16 日，校园里的喇叭里播出“五・一六通知”，“文化大革命”开始了，大学停止招生。学校立即陷入混乱状态。老师全都成了“黑帮”，校园里到处贴着大字报。大学何时招生已不得而知。

我像被人兜头浇了一瓢冷水，傻了，大学梦破灭了。我偷偷地跑到校园外面的一个无人处，伤心地哭了一场。第二天，我跑回家去，父亲看我垂头丧气的样子，劝道：“上不了大学的多了，又不是你一个。三年前你身体那样差还能坚持上完高中，已不容易。这三年你学了文化，今后还是有用的，这个学你没有白上。”

之后，我死心塌地地当了农民，对上大学已不再抱幻想。就在我感到前途无望的时候，1968 年 3 月，我接到了入伍通知书。入伍不久，就调到团政治处报道组。

一个意外的机会，我弄到了一套北京大学中文系的教材，我兴奋异常，决心通过自学实现大学梦。我白天出去采访或写稿，晚上偷偷地读书。

在政治处工作的四年时间里，我读完了这些教材。通过这些教材，我了解了中国文学史，学习了中国古代汉语、中国通史、中国哲学史等。通过学习，我与屈原、杜甫、李白、白居易等诗人的诗词结缘，读完了施耐庵、罗贯中、曹雪芹、吴承恩、吴敬梓的名著。我每天都畅游在文学知识的海洋里，感到自己像一个“财迷心窍”的人闯进了聚宝盆，满眼都是珍珠玛瑙、金银财宝，不知道该拿哪样好。

这样如饥似渴地学了四年，极大地扩展了视野，使我的文化功底得到很大提升，并在写作实践中得到了应用。可以毫不夸张地说，这四年等于上了四年大学。

失之东隅，收之桑榆。虽然失去了考大学的机会，但我在军队这所大学校里完成了大学学业，走上了写作的道路，改变了一生的命运。

从军

1960年秋天，我接到颍上县临淮中学的入学通知书。三年的初中生活，正是“低标准，瓜菜代”的苦日子，一日三餐，顿顿吃不饱，到初中毕业的时候，大部分同学都饿跑了，最后三个班并成一个班，还剩十七名同学。

中考前夕，我的心情有些忐忑不安。因为上一届毕业班，只有一名同学考取县里的师范。这一届会不会“剃光头”还不一定。如果自己不能考取高中，只能回家“打牛屎腿”当农民了。

正在我心里打鼓的时候，部队征兵来到我们学校，要在毕业班里招文化兵。我们班里除了女同学和家庭出身不好的同学外，所剩无几。我和另外两个同学被选为应征对象。

带兵的首长接见了我们。我过去从来没见过军人，第一次见到军人，既惊讶又羡慕：只见他高高的个儿，腰杆笔挺，满面红光，一身崭新的军装将他衬托得威武英俊。

他满面笑容地问我们有什么想法和要求。有个同学问他到部队干什么？另一位同学问他当几年兵才能退伍？当部队首长一一作答之后，我突然提出一个荒唐的问题："到部队能吃饱吗？"部队首长哈哈一笑，拍着我的肩膀说："到部队大米干饭、白面馍，管够。"我一听非常兴奋，有两三年没吃过大米干饭了，一听说大米饭管够，我就暗下决心，一定去当兵。

星期六下午一放学，我就连奔带跑地回到家。当我把自己的打算向爹妈一讲。父亲没作声，母亲却“刷”一下眼泪出来了，说：“你这么小，我舍不得让你去当兵。”我说：“不去当兵，我也不一定能考上高中。再说就是考上高中，俺家穷成这样，也上不起。”母亲说：“说啥我也不想叫你去当兵。”说着放声大哭起来。

我抬眼看看父亲，想让父亲给我说句支持的话，可他只管吧嗒吧嗒吸他的旱烟，不作声。我陷入进退两难之中，一夜没有睡着觉。

当我星期一回到学校，准备参加体检时，同学们告诉我，别的同学已经体检过了，没有我的份儿了。我又吃惊又生气，找到班主任，问他为什么不让我参加体检。班主任告诉我：“你爸昨天来过了，说你妈死活不让你当兵，考虑到你还不满 18 岁，名额又有限，还是让别人去吧。”

若干年后，我见到当年的班主任，又提起当年没让我参加体检的事，他说："除了你妈不让你当兵外，我也有一份私心。因为我当时认为，在那一届应届毕业生中，你的学习成绩最好，只有你能考取高中。我那时很怕考试'剃光头'。结果你真考取了高中。"

1966年高中毕业，正当我满怀信心迎接高考时，高考被取消了。我的大学梦破灭了。我回乡务农，晴天参加生产队里的劳动，雨天躺在床上看小说。媒婆找上门要给我说媳妇，被我拒之门外。家里吃上顿无下顿的，我身上连件像样的衣服都没有，指望啥娶人家，指望啥养活人家。就在我感到前途无望的时候，舟桥某部接兵的首长来到我们公社。

为了能够顺利参军，我首先做我母亲的思想工作。我本来认为不费一番口舌，母亲不会让我去当兵，没想到母亲倒没怎么阻拦。她说："你17岁那年要去当兵，我不让你去，是因为你那时太小，我实在舍不得。

现在你长大了，翅膀硬了，想往哪飞就往哪飞吧。”

听了妈妈的一席话，我欣喜若狂，积极地去报了名。我自以为自己家庭出身贫农，两只眼睛的视力都是1.5，没害过大病，平时很少吃药，体检肯定没问题。可是体检结束，我偷偷地看了自己的体检表，在“体检意见”一栏里，写着“不合格”三个字。我的头一下子蒙了。

我垂头丧气回到家，倒在床上就睡了，晚饭也没吃。父亲问我怎么了，我说体检没过关，当兵当不成了。父亲宽慰我说：“没当上兵的又不止你一个，何必这样灰心，一个人头上一颗露水珠，干啥不能活一辈子。”我从床上爬起来，接过母亲递给我的饭碗，呼噜呼噜喝了两碗稀饭。我也死心了，这一辈子死心塌地当农民吧。

可是过了几天，一群人敲锣打鼓地来到我家门前，给我送应征入伍通知书来了。我觉得奇怪：我明明看到体检表上写着“不合格”三个字，现在咋又合格了呢？后来公社武装部长告诉我哥哥：“本来你弟弟今年参不上军，是带兵的首长看中了你弟弟的文化。”

原来在应征青年学习班上，我用朗诵诗的形式写了一份决心书，这份决心书写得热血沸腾、激情澎湃。我在读这份决心书时，带兵的首长就在现场，他向武装部长打听了我的名字，得知我是高中毕业生，就把我的名字记在他的笔记本上。

在定兵时，他发现没有我的名字，就调来我的体检表，看后认为，我体检出的毛病是“鼻中隔偏曲”，不是大问题，到部队可以治疗。结果就由“不合格”变成“合格”了。

过了两天，我换上新军装，乘上部队派来的卡车，喜气洋洋地离开了家乡，奔向火热的军营，实现了我多年的梦想。

首长

1968年，我在某部舟桥连当兵。有一天，通讯员喊我：“闫振田，朱干事找你。”“是不是那个文化干事？”“你到连部就知道了。”在这之前，团政治处在新兵中挑选电影放映员，文化干事朱保佳已找过我。他翻了翻我的笔记本，嫌我的字写得赖，没看中。因为电影放映员除了放电影外，还负责写大标语，我的字根本不能上墙。事后，我懊恼了好一阵子，后悔从小没好好写字。这次，他又来找我干什么呢？

我怀着忐忑不安的心情走进连部，发现这位朱干事不是那位朱干事，而是一位眉清目秀、身材匀称的年轻军官。经指导员介绍，得知他是团新闻干事朱志远，专门负责新闻报道。朱干事笑容可掬地说：“走，咱们到外面走走。”

营房离淮河很近，我们在河边的柳林下一边散步一边聊天。开始我很拘谨，他问一句我答一句。他问了我的家庭情况，又问了我入伍后的感受，我都一一做了回答。

接着，他又问：“既然你是高中毕业，你知不知道‘留取丹心照汗青’这句诗是谁写的？”“这是著名爱国诗人文天祥写的。”“你知道‘汗青’这个词是什么意思？”“是‘史册’的意思。”“为什么把‘史册’叫‘汗青’呢？”“古人在竹简上写字，为了防止竹简生虫，写好后放在火上烤，烤时青竹上会冒出水珠，像出汗一样，后人把‘汗青’演绎为‘史册’。”

我的回答让他点头称赞。“你知道‘师旷’这个人吗？”他这一问把我问愣了。一时想不起来这个人是谁。“你好好想想，答不出来不要紧。”这时我突然想起，高中语文课本中的《群英会蒋干中计》中，周瑜对蒋干说过的一句话“吾虽不及师旷之聪，闻弦歌而知雅意”。于是我说：“师旷是古时候一位音乐家，聪明过人，精通音律。”

我这一番回答，让朱干事既惊讶又意外。他说：“我看你的档案上填的是高中毕业，我怀疑不实。现在看来，你是货真价实的高中毕业生。”接着他击掌道：“好！后天蚌埠报社办通讯员培训班，就派你去，你回去准备准备。”我这才恍然大悟，这是朱干事为挑选报道员对我进行的一次考试啊。

在蚌埠报社学习两个月回来后，我被调到团报道组，在朱干事手下学写新闻报道。后来得知，朱干事毕业于安庆艺术学校，他不仅文章写得好，字也写得很漂亮，他临摹的是郭沫若的字体，他的书法作品和郭沫若的字相比，可以达到以假乱真的程度。

他除了教我写新闻，写评论外，还教我写毛笔字，他说“字无百日功”，只要认真临帖，三个月就能出成效。在他的指导下，我的书法有了很大的长进。

在政治处，除了朱干事对我的指点外，宣传股长牛超也是我的老师。他经常带着我下连蹲点，给我讲当年他在朝鲜战场上写新闻报道的故事。

有一次，他带我到二连蹲点时，了解到二连有一个副排长叫孙绍安，跳进冰冷的河水，救起了一位落水的老大娘。对此，他很兴奋，准备报道其事迹，可是这时候，他的颈脖后面突然红肿起来，疼痛难忍，军医诊断为“蜂窝组织炎”，必须到军区总医院做手术。临走之前，他对我说：“你好好挖一挖素材，写个通讯。”

我说：“我从来没写过通讯，不知咋下笔。”他说：“你先把素材弄到手，再把一个一个故事写出来，写出来后给我送到医院去，我给你改。”

看他疼得龇牙咧嘴的样子，还不忘嘱咐我怎样写稿，我很感动。他到原南京军区总医院住院后，我除了找孙绍安谈，还和其他干部战士谈，了解到二十几个故事。我把这些故事一个个写了出来，写孙绍安怎样带病坚持工作，怎样跳河救大娘，怎样帮助战友学文化，怎样苦练军事技术……

凡是听到的故事，一股脑儿地全塞进了文章里，就像一个大杂烩，根本不像什么通讯。写好后，我按照牛股长的安排，赶到南京，交到了他手里。

这时，他刚做完手术没有一个星期，医生让他卧床休息，他半躺在床上，忍着疼痛，看完了我写的稿件，说：“写得还不错，不空，有内容。你暂时甭忙着回去，等我把稿子改好了，你再走。”

第三天，当我从他手中拿到修改后的稿子，我佩服得五体投地。内容还是那些内容，但结构调整了，文字减少到三千多字，更精练了，小标题又醒目又对称：为人民，敢下江河救大娘；为革命，不怕病魔缠身意志坚……大标题是：无私无畏的战士。

原来通讯是这样写的。我立即重抄了一遍，送到《人民前线》编辑部，没过一个星期，文章就在头版全文发表了，占了整整一个版的篇幅，还加了编者按。这篇文章产生了轰动效应，孙绍安成为原南京军区的先进典型。

我在报道组工作了四年，这四年如同上了四年大学，牛超、朱志远两位首长像老师一样，手把手地教我怎样采访，怎样选取角度，怎样确立主题，怎样安排结构，鼓励我好好读书，打好理论基础。那四年正是我风华正茂的年龄，精力充沛、记忆力最强，加上两位老师的指导，我走上了新闻写作的道路。

乡愁

1968年，我应征入伍。满怀着一腔报国的热情，穿上新军装，走进了军营。军营有整齐的房屋，宽阔的操场，嘹亮的军号和军歌，威武雄壮的队伍……一切都让人感到新鲜和振奋。虽然新兵入伍训练三个月是那样艰苦：步伐队列训练把腿练到肿，爬山训练让人累得喘不过气来，但个个情绪饱满，斗志昂扬。

到了年底，特别是过春节的时候，一块入伍的老乡相聚，特别是那些年龄较小的新兵，常常流下想家的热泪：老乡见老乡，两眼泪汪汪。滚滚热泪，是远离家乡的一种情感表达。

在老家，虽然日子苦些，住的是茅草房，穿的是旧衣裳，吃的是红芋饭，但是在父母身边毕竟还是个孩子，受了委屈有人护着，天寒地冻的早晨可以缩在被窝里，三伏天可以躲在凉荫里。

当兵可就不同了。“夏练三伏，冬练三九”，夏天在烫脚的甲板上（我们是舟桥兵）抱起一百七十斤的桥板奔跑，或者背着步枪游过淮河、长江；冬天拖着步枪在雪地上练“匍匐前进”，弄得一身泥水。冬天的夜晚，刚刚入睡，站岗的时间到了，一班岗站完，两条腿就冻僵了，回到被窝里，怎么也焐不热……

更让人难受的是严格的纪律。我们这些来自农村的小伙子，在家里自由散漫惯了，入伍后一举一动都受到纪律的约束。任何违纪行为都要在班务会上做检讨。这一切曾让我十分想家，一封封家信表达了我对家乡的留恋。

可是三年义务兵当完，要离开军营告别战友时，个个都是依依难舍，干部哭，战士也哭，哭的是从此天各一方，再难相见；哭的是部队这座大熔炉的锻炼，让自己百炼成钢。部队是我的第二故乡，我会永远怀念部队。

我的老营房，地处江苏盱眙，坐落在一个叫打石山的地方。刚到盱眙，我不认得“盱眙”两个字，读成“于台”，后来查字典，方知“盱眙”二字的读法为“须宜”。为啥叫这个县名，根据解释，原来张目为盱，直视为眙，就是登高望远的意思。

县城坐落在半山坡上，背靠苍翠的青山，面朝烟波浩渺的洪泽湖，山上的泉水环城奔流。有一个夏天，正值三伏天气，烈日炎炎，我到县城办事，中午到一家招待所休息。我汗流浃背地走进招待所，只见院子里清清泉水喷涌而出，顺着房前的阳沟潺潺而流，不由得将手伸进泉水里，一把凉水撩到脸上，顿感寒意袭身，全身的热气顿消，那真叫个爽。

到了晚上，清风徐来，十分凉爽，我想起当地民谚“盱眙三大宝”中的两宝：“石头垒墙墙不倒，大风刮得蚊不咬”，真是名不虚传。

新四军曾经在这里抗日杀敌，新四军军部暨中共中央华中局就设在距县城三十五公里的黄花塘镇。在全国抗日战争由相持转入反攻的关键阶段，刘少奇、陈毅这些革命家在这里运筹帷幄。为拍摄一部新四军在盱眙抗日的电影，我们部队曾派出一个连参加，除参加演出（群众演员）外，还提供水上交通工具如汽艇、橡皮筏、冲锋舟等，我还目睹了他们拍摄的过程。

我们部队驻扎在离城较远的山上，四周不靠乡村集镇，本以为副食品供应可能困难。谁知当地土质肥沃，种啥长啥。为了解决吃菜问题，从机关到连队，人人开荒种菜，山上山下，一片葱绿。种出的南瓜、番茄又大又甜，各种蔬菜富足有余。

洪泽湖的渔民又为部队提供了丰富的水产：鲤鱼、大虾、螃蟹、甲鱼……应有尽有。由于当时交通不便，当地的水产品运不出去，价格十分便宜，半斤重的螃蟹只卖三角钱一斤，一两斤重的鲤鱼卖一元钱三斤。洪泽湖是淡水湖，无污染，生产的鱼虾味道十分鲜美，让干部战士一饱口福。

离开盱眙已经三十余年，但仍让我梦牵魂绕：那漫山遍野的竹林、松涛，那一望无际的洪泽湖，那“城在山中立，水在城边绕，山水城相依”的盱眙县城，那纯朴厚道的盱眙人，那味道鲜美的鲤鱼、螃蟹，那火热的军营生活，常常在梦境中出现。

常在报纸上看到“乡愁”两个字，“乡愁”是什么？我的理解是，乡愁就是远离家乡时想家的情感，就是对家乡的美好回忆。颍上是我的第一故乡，盱眙是我的第二故乡，我对这两个故乡的深情永远流淌在血液里，给我以鼓舞，给我以温暖，有着永远回忆不完的故事。

家书抵万金

在我的书橱里，至今仍珍藏着父亲生前给我的信。信是父亲用毛笔写的，父亲上过两年私塾，字写得苍劲有力，尤其是信中饱含的父子之情，每回读了都让我心潮难平，想起许多往事。

我在上高中时，喜欢看《解放军文艺》，一本《欧阳海之歌》看了不知多少遍，使我对火热的军营生活十分向往。

1966 年高中毕业后，我在家当了两年社员，上大学的希望早已破灭。就在感到前途无望时，1968 年 3 月，我接到入伍通知书。当离开家乡走向军营时，我有“鱼入大海，鸟上蓝天”之感。可是，当走进军营接触实际之后，发现与我的想象差距很大，军事训练的艰苦且不说，极其严格的纪律就让我受不了。

有一天早晨，我站完夜间的一班岗又接着站早晨白天的一班岗，全副武装、泥塑木雕般地连续站了三个小时，站得我两腿僵硬，浑身酸痛，回到寝室，筋疲力尽，整理内务卫生时，下的功夫不够。

早饭前，班长集合全班战士“参观”我的内务，劈头盖脸地把我熊了一顿，指责我的被子叠得不符合要求，上面没整平，有皱纹，鞋子的后跟没有在一条线上，毛巾的四个角没有叠在一起，《毛选》也没摆放好，牙刷的摆放没和全班一致……几乎一无是处。

早晨批评过了，我忍了。晚上的班务会上，他又拿我开刀，并上纲上线地说：“你不要以为自己是个高中生有什么了不起，现在的知识分子都是臭老九。”我气得不得了，“早知今日，何必当兵”。第二天，我把自己的烦恼写信告诉了父亲，很快收到了父亲的回信，他在信中说：当兵就是为了锻炼自己，这个锻炼不仅包括能吃得苦中苦，还要学会忍耐，学会与人和睦相处，“君子随遇而安”，要对人宽对己严……父亲的一番话让我从委屈的痛苦中解脱出来，妥善处理了和班长的关系。

新兵训练结束不久，近一半新兵分配到技术连队，有的开车，有的分到特务连当了电台报务员，还有的分到技术连学汽车修理，而我却分到舟桥连架桥。

这是最苦的连队。一根桥桁四百多斤，两个人用手拎，一块桥板一百七十多斤，架桥时要抱起来跑，一个大面积门桥架成时，常常累得几乎瘫倒。

白天训练还不算，晚上还要夜间训练，黑灯瞎火，一干就干到凌晨一两点，弄不好就会砸断脚趾、手指。三个月的架桥训练，我的腿上留下斑斑伤痕。

有一次，我吭哧吭哧地抬着两三百斤重的木头架水面下桥时，一位一起入伍的老乡背着小手枪跟在团长的后面到训练现场检查。看他那神气活现的样子，我当时直想哭：同样当兵，差别咋就这样大?

就在我心灰意冷时，父亲的信来了，他劝我不要跟别人攀比，要发挥自己的特长，要我跟哥哥学（哥哥擅长文学创作），他劝我学武不能丢了“文”，要把笔杆子拿起来，多写文章，多投稿。在父亲的鼓励下，我开始给连队黑板报投稿，给军内外报纸投稿。有播种就有收获，不久稿件见报了。当我的名字第一次出现在报纸上时，我激动得一夜没睡好，第二天就将报纸寄给了父亲。

父亲在回信中告诫我不要骄傲，并让哥哥找了一些有关写作的书寄给了我。那时候只准读《毛选》，业务书不准看，我就利用星期天躲在一边看。或者上面盖着《毛选》，下面放着写作业务书，没人时偷偷地看几行。

就这样，边学边写，越写越有劲儿，见了小报见大报，团政治处终于发现了我这棵“写作苗子”，把我从连队调到政治处当报道员，从此开始了写作生涯。

在部队的几年间，父亲几乎每个月给我写一封信，他在信中，除了“全家平安”之类的话外，就是对我的鼓励，很少讲家中的困难和他的胃病。后来母亲告诉我，父亲写信很不易，有很多字不会写，得问我的侄女。有时胃病患了，他一手捂着肚子一手还在写。有时半夜里想起一件什么事，马上披衣下床，戴上老花镜，找出写了半截的信，用毛笔接着写。就这样一封信能写好几天。当我接到父亲的信时，发现墨迹轻重不一，有时浓有时淡，原来是这样写成的。

烽火连三月，家书抵万金。每当我接到父亲的来信，我就想起杜甫的这句诗，每一次接到父亲的来信，我都像过节一样高兴。读着父亲的来信，如同听到父亲殷殷的嘱咐，就像看到父亲慈祥的面容，周身涌动着暖流。封封来信让我感受到父亲的“舐犊之情”，给了我无穷的动力。

回乡探亲记

1971年春天，我当了三年兵，第一次回乡探亲。我从蚌埠上船，溯河而上，快到家乡时，望着淮河两岸如烟如云的垂柳，袅袅升起的炊烟，河滩上放牧的牛羊，一艘艘往来的帆船，河边上洗衣服的姑娘……恨不得一步跨进家门。

三年前，我高中毕业，厌倦了学校里乱哄哄的“造反”，离校回到了家乡。记得第一天到生产队干活，是抗旱插红芋，挑水的扁担在双肩上磨来磨去，到了晚上，双肩肿了起来，火辣辣地疼，一夜都没睡着觉。第二天早晨，正当我实在起不了床的时候，下起了雨。大小下个雨，歇歇胳膊腿。我躺在床上，想着今后的苦日子，心灰意冷。

没过几天，不少人上门给我提亲来了。有父亲的朋友要把他的女儿说给我，有哥哥的朋友要把他的妹妹说给我，都被我断然拒绝。望着三间空荡荡的茅草屋，想着自己无望的前程，我拿啥娶人家，又指望啥生儿育女？我暗暗发誓，如果自己不混出个人样来，坚决不娶亲。

我在家默默地当了两年社员。除了晴天干农活，雨天在家看小说，就是到淮河滩上割草。苦闷的时候，在空无一人的荻柴滩里吼上几嗓子，释放一下苦闷的情绪。

就在感到前途无望的时候，我接到了入伍通知书。换军装之前，接兵首长让我们先到澡堂子洗个澡，我仔细看了一下，个个穿的都是空袄筒，一个穿衬衣的都没有。袄里子大都打上了补丁，有的还是用尼龙袋补的，补丁上有“尿素”两个字。当我丢掉破棉袄穿上新棉袄时，我想起毛主席的《别了，司徒雷登 》那篇文章，提着我那肩上漏着破棉絮的棉袄自言自语：“别了，我的破棉袄。”

那时候和我一起当兵的，各有各的打算，有的是想到部队吃上饱饭，有的是想学到技术，有的是想当了兵好找媳妇，甚至有的想当兵后能穿上毛线衣（这是一个老乡亲口告诉我的）。所以一到部队，当一大桶米饭抬上来时，有的新兵吃了这碗盛那碗，一顿能吃两三碗，让带兵的老兵直咋舌。

有位老乡还私下里问老兵：“分到老连队，吃的还能有这么好吗？”老兵撇撇嘴说：“这算什么好伙食，到老连队哪天不吃肉？老连队养的有猪，种的有菜，新兵连有啥？一天啃四毛五分钱的伙食。”新兵分配到老连队时，果然如老兵所说，那些想吃饱饭的老乡心满意足了。

那几个想娶上媳妇的老乡，入伍两年后，个个都说上了媳妇。因为那时农村青年都困在本村的土地上，很少有出路，能当上兵，为说媳妇创造了条件。而那些想学技术的兵，大都实现了愿望。因为我们部队是机械化部队，除了三分之一的汽车连，还有技术连、修理连、运输连、特务连、卫生队等，稍有文化的都被分配到技术连队去了。

那个入伍想穿上毛线衣的老乡因为吃苦能干，入伍两年多就当上了排长，后来一直升到了营长。当他结婚时，我悄悄地问他："穿上毛线衣了吗？"他"扑哧"一声笑了，说："想想刚入伍那时候真是鼠目寸光。"

我在部队三年，机遇也不错，调到团政治处报道组，学会了写文章。虽然从小学三年级就开始学着写文章，但那是写给老师看的，写的都是风花雪月，都是老牛吃荆条——肚里编，文章还从来没上过报。

在部队的三年，经过连队里淬火，机关里锻炼，熟悉了部队生活，尤其是我的两位直接上级——新闻干事和宣传股长，都是团里有名的笔杆子，在名师指点下，使我在报纸上有了名，广播里有了声，虚荣心得到了满足。

所以当我回乡时，真是踌躇满志。在为亲人准备礼物时，我为父亲买了西凤酒，为母亲买了新衣服，但在为左邻右舍的孩子们准备礼物时犯了难：花钱太少（比如每个孩子给几个糖果），太小气，拿不出手，花钱太多吧，又没有那么多钱。一位老乡给我出主意说："买两箱子面包带回家，家乡的小孩没吃过，一定很稀罕。"

我采纳了他的建议，在蚌埠上轮船前，买了两箱面包。

回到家，当我拿出面包分给那些来看热闹的孩子时，他们都兴高采烈，一个叫满子的孩子拿着面包飞快地跑回家，问妈妈："这是啥家什？"他妈说："我也没见过，不知道是啥家什。"

前不久，我回乡探亲，当年来我家看热闹的孩子中有几个人来看我，一个个人到中年，见了我还十分亲切，有的还记起了当年分面包的事。我问起两个邻居的孩子，他们告诉我，一个在武汉大学教书，一个在上海办公司，那个名叫满子的也发了财。看到当年没吃过面包的孩子如今个个都有了出息，让我感慨不已。

邂逅

1975年春，我从部队回乡探亲。那时候从颍上县城到我家庙台集还不通汽车。从汽车站下车后，步行往家走。我提着一个绿色的帆布大提包，里面装着给父亲买的酒，给母亲买的衣服，给侄女买的糖果，鼓鼓囊囊，足有四十多斤。县城离我家有二十五里路，中间还隔着一条八里河。我扛着大提包，一只手扶着，一会儿从左肩换到右肩，一会儿从右肩换到左肩。

真是远路无轻担，出城刚走了四五里，两条胳膊就累酸了，肩膀也压疼了。正在我愁着下面的二十里路怎么走时，一个十七八岁的小伙子拉着小板车走了过来，热情地和我打招呼："俺叔，你回来啦，你回家吗？快上车吧，我拉你。"我仔细瞅了瞅，说："你认错人了吧，我不认识你呀。""你不认识我，我认识你，那年你把我从马庄户背到庙台卫生院，救了我的命，你忘了吗？"

他这么一说，我想起来了。十年前，我在县城读高中，学校里号召学雷锋，团支部组织团员到汽车站打扫卫生，到五保户家洗衣服，帮助城郊农民挖护城河里的污泥当肥料……有一次，班里开展这样的活动时，我到街上理发去了，没有参加。回来后，班主任在班会上不点名地批评了我："有的同学想走'白专道路'，学雷锋活动都不参加。"我很不服气，心里想，以后遇到救人抢险的事，你看我的，别尽干这些表面活。

说来真巧，这样的机会真让我碰到了。周末我从学校回家拿伙食费，过了八里河，突然看到一个妇女背着一个八九岁的男孩，慌里慌张朝前奔，那个孩子鼻子血流不止，面色苍白。

他妈妈的背上全都被鲜血染红了。劳累加上恐慌，跑到我前面时，突然摔倒在地。我慌忙跑上去问："咋弄的，咋弄的？""上医院，快……救……俺孩子……"孩子的妈妈有气无力地说。我立即背起孩子朝前跑去，孩子的鼻血滴在我的背上，黏糊糊的。我一步也不敢停，跑了六七里路，到了庙台卫生院，经医生诊断，这个孩子患的是血友病，即先天性的血小板减少，一旦有出血点就流血不止，这次出血可能是碰破了鼻腔黏膜。医生立即给他打了止血针，并采取了其他抢救措施，出血止住了，孩子转危为安。医生对孩子的妈妈说，再送来晚一会儿，孩子可能会因失血过多送了命。孩子的妈妈抓住我的手，泣不成声地说："俺的好兄弟，幸亏遇到你了，你帮俺救了孩子！"

十年过去了，我早就把这件事忘得一干二净，没想到回家的路上遇到这个孩子，已经变成了大小伙子。他一眼就认出我来，他接过提包放在板车上，还让我坐在板车上。我说："你帮我拉着提包就行了，我怎么好意思让你拉着？"他一个劲地把我往板车上拽，说："这十来年，爸妈一直念叨你，那年你救了我，也没问你的名字，不知上哪能找到你，谢谢你，没想到今天让我遇上了，真高兴，真高兴。"他把我拉了二十多里路，一直把我送到家。

桃花潭

1974年初夏，我们连接到一个任务，到皖南泾县清弋江训练。夜间行军，我带着一排人乘坐一辆大卡车在崇山峻岭中穿行，两边黑黢黢的，什么也看不到，到达驻地时天还没亮，简单地收拾一下就休息了。

第二早晨醒来，我惊奇地发现，我们进入了仙境：青弋江穿过青峰秀岭迤逦流来，两岸青山云雾缭绕，倒映在碧清的江水里，像浮在水中的山水画，让我这个在平原长大的井里蛤蟆没见过天的人激动不已。

我们排住在一座大庙里，大庙附近住着一位老人，这位老人七十多岁，个儿不高，慈眉善目，十分精神，常到大庙里来串门。他用爱抚的目光看着入伍不久的新战士，问他们累不累？当兵苦不苦？当我们汗流浃背地从江边训练回来，老人或者送一篮子猕猴桃（那是我第一次吃猕猴桃，又酸又甜），或者把刚烧好的一桶山茶送来，香气浓郁，十分解渴。我给他钱，他不收，他说，猕猴桃和山茶都是他从山上采的，没花钱。训练间隙，战士们常给他打水、扫地、劈柴，相处得就像一家人。

老人喜欢听我讲古，他也给我们讲古，还讲了新四军在泾县闹革命的故事。有一天，他问我：“你知道大诗人李白写的《别汪伦》这首诗吗？”我说：“那是我上小学时学的，怎么不知道？”“你知道这首诗在哪儿写的吗？”这倒把我问住了。他爽朗一笑说：“就是在咱们这儿。咱们村就是桃花潭村，桃花谭离这儿不远。”

他解释道，汪伦邀请李白说，这里有十里桃花万家酒，又有桃花又有酒，李白信以为真就来了，其实这里十里桃花倒是真的，哪有万家酒呢，不过有一家姓万的开的酒家。汪伦热情款待李白，他们除了作诗饮酒就是乘船游清弋江、观桃花潭，当李白乘上扁舟惜别而去时，写下了《别汪伦》。听了老人一番讲古，让我对他刮目相看，没想到老人还有一肚子学问呢。

我们到达桃花潭的第二天，老人看战士们赤脚穿着凉鞋，赶紧把我叫到一边说：“咱们这儿毒蛇特别多，你们这样穿鞋，脚趾都露在外面怎么行，应该穿球鞋，还要穿上厚袜子，脚裤腿最好扎起来，晚上到河边站岗时，手里要拿着棍子，不停地打草惊蛇，这样才安全。”当天晚上，我到河边查哨，果然如老人所说，在手电筒的照耀下，百步之内，就遇到了好几条毒蛇从路上穿过。

还有一天上午训练回来，有位战士移动背包准备休息时，被背包下卧着的一条毒蛇吓坏了。我也很紧张，万一战士被毒蛇咬伤了如何是好？谁知道毒蛇啥时候钻进来？我向老人请教如何防蛇时，他给了我一包硫黄，让我在住处四周撒上，蛇就不会靠近了。他还让我给战士每人发一包季德胜蛇药片，随身携带。

我照着他说的做了，果然很有效。

天气渐渐热了，战士们想到清弋江里洗澡。老人听说后，对我说，洗澡可以，但不能往深水里去。因为清弋江的水是从水库里放出来的，透骨的凉，到深水里很容易抽筋，每到夏季，清弋江里不断发生意外事故。老人的嘱咐让我感到他就像长辈一样亲切，一样关心着战士的安危。

老人是佛教徒，他对山上的动物十分看重。有一天，有位战士从哨位上回来，路上遇到一只刺猬，他很好奇，走上去，用脚一踢，刺猬缩成一团，像个皮球似的，这个战士像踢皮球一样边走边踢，踢回住地，被老人发现了。他立即跑来找我，提出了批评，他说大小动物都是一条生命，不能伤害。

自从我们到桃花潭以来，还从来没看到他发火，我立即让那位战士把刺猬放回山林，并向老人道歉，老人转怒为喜。

后来一只野山羊不知是被猎人追赶，还是被其他野兽追赶，受了伤，慌不择路，闯进我们住的大庙里，被战士们捉住了。这头野山羊很肥，足有一百多斤。当有的战士提出用来改善伙食时，被我断然制止了。我把这头野山羊交给了老人，老人用草药为山羊治好了伤，喂养了几天，然后放归山林。

我们结束训练返回驻地时，老人依依不舍，当汽车就要开动时，老人分开前来送行的人群，往我的衣袋里塞了一包东西，由于时间紧迫，来不及查看和付钱，汽车就开动了，后来打开一看，原来是一包野山茶，是老人精心采摘并亲手炒制的。

我泡了一杯，香气扑鼻，是我有生以来喝到的最好的茶。

军训

大寒是二十四节气的最后一个节气。每当这个时节，蜡梅花迎风怒发，花香浓郁。望着那金灿灿的梅花，我常常想起当兵的日子，想起“冬季拉练”，想起在结了冰的河面上架浮桥的艰苦生活。

为了锻炼部队吃苦耐劳的作风和顽强的战斗力，部队特别注重“夏练三伏，冬练三九”。我们部队虽是舟桥兵，也要开展“冬季拉练”。

所谓冬季拉练，就是一过了小寒，干部、战士全副武装，徒步行军。头一天走七十里，第二天走八十里，第三天走九十里，最多时一天走一百一十里。每个战士除了背着被子和换洗的衣服外，还要背着步枪、大衣、水壶、米袋子、圆锹、《毛泽东选集》等，足有六七十斤重。

行走的全都是山路，头一天走下来，棉袄就被汗水浸透了，一坐下来休息，冷风一吹，禁不住直打寒战。赶到宿营地，脚下血泡连成串。第二天一上路，脚下打了血泡的地方疼得钻心。

连长走在队伍的前面，指导员走在队伍的后面，副指导员在队伍的前后跑着，边走边喊鼓动口号，或领着大家唱行军歌。尽管这样，三天过后，开始有人掉队。

班长或高个子老兵常常回过头来，把新兵的武器接过来扛在自己的肩上。有的新兵实在走不动了，后面的收容车把他们的背包、步枪放在车上，让他们空着手走。就这样步行十多天，行军近千里，部队回到营房时，人人都要瘦掉好几斤。

我们除了参加野营拉练外，还要参加“炮工装”（炮兵、工程兵、装甲兵）合练。我们部队的任务是“遇水架桥”，让炮车、坦克渡过江河。

从小寒到大寒，河边都结了冰。架浮桥时，必须在河两岸架码头。合练时，架桥的时间都有严格的限制。信号弹一亮，码头排的战士们脱下棉衣，跳下冰冷的河水中，争分夺秒地将一根根铁桩打下去，然后门桥排的战士们，将一艘艘铁舟连接起来，铺上桥板，与码头连接起来，在短短几十分钟内让牵引着大炮的汽车和几十吨重的坦克轰隆隆地跨过江河。

记得有一次，我所在的连队接到一项任务，必须在一小时内将一个炮兵团用门桥（数只舟桥连在一起，上面铺上桥板，可载数辆汽车）漕渡到淮河对岸。

演练快要结束时，还剩下最后一辆装满炮弹的汽车，由于车重、坡陡，上门桥时，将连接码头跳板的铁链撞断，一百多斤重的铁制跳板滑到一丈多深的河里，主车上了门桥，拖车卡在岸上，进退不得。

这时离完成任务的时间还有几分钟。正在我急得不知所措时，七班班长脱下棉衣，仅穿一条短裤，抓起一根绳子就跳入一丈多深的河水中，他在水中摸了约半分钟没有摸到，探出头来，换了口气，又钻进水中，终于摸到了跳板，将绳子拴在桥板上。他从水中一冒出来就大声喊：“快拉！”其他战士立即将跳板拉了上来，重新连接好，炮车将拖车拉上了门桥，当绿色的信号弹腾空而起时，我们连提前一分钟完成了任务。

附录

闫红／文

我爸

有时候，我觉得我爸不像一个“真”的人，像书里的人。我看《平凡的世界》时会想起他，他和孙少平一样贫穷又硬梆、心气强，想赤手空拳杀出一条血路，终究难免于失路的彷徨。

一个“好的”中国人的样子，我爸都具备，热忱、耿直、孝顺、容易感到幸福……当然，他也有一点儿重男轻女，好在同时还有恻隐之心加上文艺气质，对我不算坏。

但有些时候，我又会特别清晰地感觉到他是一个“真”的人，出身于社会底层，靠奋斗一步步实现阶层跃升，对于奋斗，他已经形成路径依赖。

三十岁之后，奋斗的效力微乎其微，情商、背景还有运气才能让人事半功倍，而这些他都没有。他不理解也不服气，以为是自己做得还不够，做得更多一点儿就能到一个新世界。

于是，我看到一个将有限人生投入到无限的奋斗中的人，像一个想不开的西西弗斯，早晨推着石头上山，傍晚看石头滚下。气人的是还有人身轻如燕地从他身边跑过，告诉他，推石头上山只是他的命运，不是人类共同命运。

他想出一些办法安慰自己。写作便是其中之一。

他通过写作回归故里，找到当年那个快乐的孩童，告诉他，你看你后来这些年挣到了这么多，不过你现在其实也很好。

写作还可以收获许多奇妙的成功感，如还原一个场景，处理好一个棘手的转折，或者以意想不到的顺滑表达出接近全部的感受，都可以靠一己之力实现。

就算不顺当，默默对抗或者认了，也是自己的事情，不会有受制于人不得不妥协的屈辱感。

写作是我爸早年的兴趣所在，是他少年时敲开命运之门的那块砖，中年一路的陪伴，以及晚年时可以找到一棵树躺下来的乐园。同时，也让我对他了解得更加具体。我出生时他二十九岁，我最早对他有印象，他就已经有点儿中年的样子了。

我记得，他坐在小板凳上洗衣服，含笑抱怨我总能把衣服穿得那么脏，一丢进去满盆的泡沫瞬间坍塌；

他教我认字，下班回来时看到我在念书就会给我一块糖；他兴奋地告诉我，他又有一篇稿子登在大报上，那时不到五岁的我对“登”和“稿子”这两个词还不怎么理解。

我通过他晚年写下的文字，续上我没有看到的他的从前。看到了那个孩童，天真又自尊，可爱又可笑，得到过很多很多爱——很想谢谢给他爱的那些人，虽然这样似乎很多余。

我看到他的出生地，之前已经听他说过很多，形成笼统模式化的概念，是每个人父亲家乡的样子。他笔下的家乡，却有些魔幻色彩，比如他写家乡特有的柳绵蛾，出现和消失都像幻景：

“不知谁喊了一声：‘柳绵蛾出来了！’本来风平浪静的河面上顿时钻出无数只柳绵蛾，一眨眼的工夫，河面上覆盖着密密麻麻的柳绵蛾，大人小孩一齐动手，有的用网抄，有的用棍子将柳绵蛾往一处赶，用罩头子撮。刚把第一批出现的柳绵蛾捞完，第二批柳绵蛾又出现了。人们大呼小叫，手忙脚乱。当太阳高高升起时，柳绵蛾突然之间消失得无影无踪。满载而归的人们，将柳绵蛾掺上鸡蛋、韭菜煎炒，比河虾还要鲜美。吃不完的，就晒干存放起来，作为冬天的下酒菜。”

在物质匮乏的时代，这骤来骤去的柳绵蛾，给那块土地上的人带来多少获得感。

我喜欢看我爸写的文字，从中可以看到我爸的来处，也看到我正在形成，虽然那时我的存在还很“薛定谔”，但“我”是在我爸走过的每一条路、遇到的每一个人、看到的每一处景物里形成的。我在看清我爸是“谁”的过程中，更多地知道了我是“谁”。

这就首先要从我爷爷说起，我爷爷是一个山东人。

我爷爷原籍山东枣庄，幼年和家人逃荒要饭来到颍上县南照镇八里庄。逃荒这词我不陌生，吾乡属于黄泛区，能不能吃上饭全看老天的心情，收成不好的时候，就被本能驱遣着，去能吃到东西的地方，从我爸的一篇文章里看到，有时候官方也会组织百姓异地就食。枣庄大概当年也是如此。

在地图上拉一条线，从枣庄到颍上，先向南，后向西，放现在是四百零五千米，交通不便的年代，不知道他们走了多少天，又是什么因由留在这里。

对于贫苦人，可能也不需要因由。纵然有花柳繁华地、温柔富贵乡，那繁华富贵又和他们有什么关系？他们像飘蓬，被求生本能驱遣着，到哪里都是受苦，到哪里也都能扎根，但凡给他们一点儿活路，就能留下来。

我爷爷的父亲在八里庄给人当了佃户，再没有离开过。他虽命如草芥，倒也有些心气，活着，就想活得像样一点儿。

中国人的门楣上常贴有“耕读”二字，“耕”是求生存，“读”是求发展。虽说寒门难出贵子，但读书在漫长的历史里，几乎是改变阶层的唯一通道。

我爷爷九岁那年，他父亲求了地主，将他送进私塾，和地主的儿子们一道读书。倒也不敢妄想着一番头悬梁锥刺股的操作之后，我爷爷能蟾宫折桂、飞黄腾达，贫苦人能识得几个字，去做个生意，不用一辈子面朝黄土背朝天，就已经是阶层飞跃了。

我爷爷在私塾里读了两年书，认识了一些字，后来又赶上饥荒年，交不起学费就停学了。

但他因此有了去县城一家中药店当学徒的资格。学徒期满要转为正式工前，药店夜里失火，店老板认为是学徒吸烟，扬言要将学徒吊起来打，我爷爷闻讯逃走。

他逃到淮河边上一个小集庙台集，在一家药店里帮工。他虽然其貌不扬、相貌平平，但聪明又仁义，这些被一个人看在眼里。

这个人姓杨，家境算得上殷实，妻子是当地出了名的美人，生个女儿也如花似玉。只可惜他就这一个女儿，在吾乡，没儿子的人家被称为“绝户”。

“绝户头”是吾乡最恶毒的诅咒。若有事与人争执，只要对方将“绝户”两个字祭出，便心神散乱，颓然败下。

没有儿子的人，死了不能进祖坟，家产也要分给族人，否则便是家族的盗贼。这种情况在现在听上去荒唐之极的道理，在当时是义正词严的，但当事者看着手心上捧大的女儿，会有一万个不甘心，更有一万个不放心。在吾乡，强悍的父兄是一个女子在夫家的底气。虽说嫁出去的女儿，泼出去的水，但是女儿若是被夫家欺负了，就是她娘家的脸被打了，她的父亲兄弟是要抄家伙去帮她讨个公道的。

我奶奶这个独生女，没有这种可以凭借的暴力资源，若是遇人不淑，命运不会比贾迎春好到哪去。所以，尽管说媒的人快要踏破门槛，杨先生仍不肯将女儿轻易许人。

他心里有一个模板，要找这么一个人：脑子好使，女儿往后不至于吃苦；又要厚道，全心全意待他女儿，穷苦一点儿倒没关系，他早就为女儿备好了一份不菲的嫁妆。

我爷爷像是从天上掉下来的，他样样俱全，又是独门小姓，更添一份安全保证。事后诸葛地说，我爷爷这个老丈人的选择实在明智，后来我爷爷也将我奶奶一辈子捧在了手心里，在最困难的年月，即使他们家只剩一小截胡萝卜，也要给我奶奶而不是给孩子们吃。

反正，新婚时的我爷爷算是草根迎娶白富美，走上人生巅峰。拿着老丈人给他的十块大洋，他在庙台集开起了中药铺。

关于我爷爷开中药铺那些事，我爸有不少文章中写到。我爷爷是天生的生意人，善于逐利，也懂得让利于人，纵然在那兵荒马乱的年月，凭着他周旋揖让的好身手，生意做得算得上兴隆。我小时候经常听我奶奶追忆昔日繁华，说那时每天收的钱都能装满一抽屉，我大伯放学回家，随手抓一把到集上去花，从来没人管他抓了多少。

后来因某种原因，我爷爷从一个小老板变成药店员工，他仍然审慎又勤谨地与他的生活周旋着，踅摸着让四个儿女吃上饭、活下去，还要有点儿出息。

当然还是只有读书这条路。我爸兄弟姐妹四人，只有我大姑生得早，没有上学，其余三人都读到了高中毕业。

我大伯是那种得到上天特别眷顾的人，轻轻松松就能考第一，从小镇一举考上阜阳一中，在当时等于一只脚踏进大学校门。他上高中时，在《阜阳日报》上发表整版文章报道，加上他还遗传了我奶奶的高挑与美貌，是十里八乡数得着的人中龙凤。

可惜天分高的人，常常会踏入一种陷阱，别人不可企及的东西，他们总是得来得太容易，就把这些东西看得不值钱了。我大伯高中毕业时放弃高考，后来一边当乡村教师一边写作，以此进了县文联。

我大伯偏爱我弟，不算喜欢我，我也不怎么喜欢他，但想起他来，我总记得，他到我家来，兴致勃勃地谈创作，我记得他讲起听到的一言半语，像捡了个宝贝似的高兴地说："太典型了！太典型了！"记得他为某个主题拍案称奇，我还记得他喜欢契诃夫。

我想那应该是他一生里比较快乐的时刻，因为专注而快乐。专注是多么难得的品质，可惜大多数人的一生都是三心二意地度过，生出很多不开心，亲手打造出痛苦的锁链。我虽然明白这一点，也难保自己不陷入其中。

我爸长得也好，我早年影影绰绰的印象里，就觉得他是个好看的人，眉毛浓而密，眼睛大小合宜，内双，下有卧蚕，笑起来弯弯的，从照片上看，是明亮又稚气的气质。

这和善的眼神，中和了他的鹰钩鼻子可能会有些凌厉。他还有两张薄嘴唇，我姥姥以前就说，薄嘴唇的男人能说，比如你爸。不过，这个薄嘴唇加上他的下巴，形成了一种异族感，有次坐火车，我斜对面坐着个六十岁左右的外国人，我很想不去看他，但还是会有一种我爸坐在我对面的错觉。

但我爸终究不如我大伯，我大伯读的是行署所在的一中，我爸读的是县城一中。我大伯聪明灵活，我爸憨直到近乎笨拙，我大伯是有天赋并相信自己的天才，我爸一直把自己当成一个普通人，特别相信奋斗。

我爸从小就又倔又乖，他像个好孩子的模板。我小时候，他经常说起他读初中时，饿得前胸贴后背，睡不着，学不进。有天学校发了九个绿豆丸子，他拿在手里，不时闻一闻，想抠一点儿放嘴里，但最后还是控制住了自己，而把这九个丸子带回去给我奶奶吃。

我当时听了就感到不可思议，一个孩子，如何能抵御饥饿的一次次侵袭，把珍贵的绿豆丸子留给母亲，这太反本能了。我得说，这要换我十有八九做不到。

我爸之好学，也让我这个学渣感到吃惊。他上高中之前的暑假得了疟疾，拉了肚子整整四十天，快开学时整个人半死不活的，我爷爷奶奶劝他别上了，大伯劝他休学，但他都听不进去，他那时虽然小，却懂得“唯有读书才能改变命运”的道理。经过艰苦卓绝的一番努力，他终于在开学后把成绩追了上来。

一个十几岁的孩子，怎么就那么有危机感，那么坚定。当年不比如今，读书不是必选项，很多人都会随便选择放弃。想其原因，大概是不像我爸这样，想要改变命运，并且相信奋斗的力量。

我现在陪读，每天早高峰时穿越整个城市去上班，车载地图会告诉我抵达时间。时间总在变动，我一开始以为我开得快一点儿，就能早点到，后来发现主要取决于前方路况。我的意思是，奋斗固然重要，历史进程更重要。

我爸一直保持着好成绩，到高三更是信心爆棚，他想报考北大俄语系，将来去苏联当外交官——那个时代的人，对于苏联有很多浪漫的幻想。他当时俄语经常考满分，有次考了个 99.5 分，他还心有不甘地到老师那里扳回了那 0.5 分。

他做了很多准备，想把握住可能是一生里最大的一次机会，但是，“咣当”一声，考试取消了。我记得我读书时，也曾因为什么事取消了一次期中考试，作为学渣，我欢天喜地，我的学霸闺蜜站在旁边微笑，我从她的笑容里，看到一丝丝哀愁。人类的悲欢果然无法相通。

我的学霸父亲，对这一变故反应更为激烈，他看见命运不由分说地对他关上大门，只能是面朝黄土背朝天地过一生了，他跑到小河边大哭了一场。

人真的不要太着急失望。这是 1968 年，我爸等来一个机会，部队到他们县征兵。我爸去报了名，体检时因为“鼻中隔偏曲”被刷了下来，他这次彻底死了心，但几天后，一群人敲锣打鼓到他家给他送来入伍通知书。

后来才知道是征兵的首长专门点名要他。

那是因为，在应征青年学习班上，应征者一一上台念决心书，我爸把决心书写成一首诗，朗诵得热血沸腾。首长当时就记下他的名字，后来翻定兵名单，没看到这个人，听说因为“鼻中隔偏曲”，没有被录取。首长说，这不是大毛病，到部队里也能治。他在我爸的体检表上的“不合格”三个字前加了个“暂”字，后来当然就合格了。

当时，军营里文化程度普遍不高，我爸这个高中生就算是文化人了。他被重点培养，选去参加《蚌埠报》的通讯员学习班，回来后调到团新闻报道组，在前辈几乎是手把手地指导下，他采写的作品被刊登在《人民前线报》头版头条位置，没几年就被调至旅部当了干事……

与此同时，我爸的感情生活也进展顺利，有人给他介绍了一个姑娘。那姑娘不能说有多漂亮，但在我爸眼里很可爱，她送了他一张照片，他闲来便把照片看了又看，不小心被战友撞见，让大家取笑了很久。

那几年的我爸，可谓春风得意马蹄疾，靠着他永不止息的奋斗，爱情事业双丰收。但是生活的峰回路转，总让人猝不及防，部队上忽然倡导干部下基层，我爸从旅部被派到连队，当了指导员。

我爸原本是耍笔杆子的，忽然要带兵训练，实非所长。这个还可以适应，也是一种锻炼。但对我爸来说，真正的打击是，他的恋情终结了，都快要结婚了，女友突然变卦。

为什么会变卦，原因有很多，我爸认为和他下连队有关，当时有传言说他们下一步就是退伍回家当农民。我爸认为，那姑娘接受不了。他接受姑娘的不接受，人家一个城里姑娘，确实也不可能跟他去农村，但他是奋斗了好几年，似乎终于能跟城里人一样坐下来喝杯茶了，这下就要被打回原形，失落感加上失控感，使他遭遇了史无前例的精神危机。

痛苦无边无际，如影随形，他唯一的突围方式就是读书，读一小时书，就被假释了一小时。那段日子，他读了很多书，都是他当时能找到的书，如《钢铁是怎样炼成的》《家春秋》《创业史》，等等。

其实，这些并不都是值得一读的书，但我从我爸这段经历懂得，“读”比“读什么”更重要，阅读会令人专注，从而忘忧，专注，是人生里最需要培养的一种品质，是成功的助推器，也是危难时的护身符。

我爸认识我妈，也是某次探亲时，媒人介绍的。我爸后来无数次说起他第一次见到我妈的场景，说我妈一进屋，他就觉得眼前一亮，我妈个子很高（大概有一米六七），皮肤白皙，眼睛很大。不过，在人家给他介绍的姑娘里，我妈并不是最漂亮的一个，让他瞬间满心欢喜的是我妈那种淳朴的气质。

许多年之后，吾友思呈君来我家玩，聊起很多人，说我们俩长得像这件事，我爸说你俩主要是笑起来都很淳朴。这句话让我和思呈君也笑了很久，淳朴听上去不像是多高级的评价，比不得聪明或优雅等，但我们俩都很喜欢。是不是因为淳朴的人，会更加真诚和用力地生活呢？淳朴，更能和生活无缝对接。

初见我妈可能是我爸人生里最美妙的体验之一，以至于他获得了他认为具有排他性的真知灼见，多次跟我说，谈恋爱，一定要满心欢喜，以后日子长着呢，磕磕绊绊多着呢，凭着最初的满心欢喜还能过去，要是一开始没那么喜欢，碰到点儿事就不行了。

这个话，好像有个名人也说过，我记不清是谁了，就是说爱情必须有，就算以后烧成灰，也还有灰烬。生活这么难，有一些灰烬也是好的，也算有个依凭。我爸妈也是凭着未熄的余烬，穿越岁月风雨，走到今天，虽然不能算很融洽，好在不像很多夫妇，已经彼此冷了心。

结婚后，我爸还在部队里，我是在我姥姥家出生的，我姥姥是区卫生院的资深接生婆。我五个月时，我妈带我去探亲，部队驻扎在江苏盱眙附近的一座山里，山名为“打石山”，山下是洪泽湖，湖中多鱼虾螃蟹，据说我妈那回吃了很多大螃蟹。

1978年，我爸退伍还乡。

他的第一站是去卫生局，在落实政策办公室。当时“四人帮”刚刚粉碎，含冤待昭者很多，我爸的工作就是帮助这些人平反昭雪。这工作能听到很多故事，太多人因为一个荒谬的原因搭进去一生。我爸把有些人的经历整理成文，投给报社后，被接连发表。

1980年，《阜阳日报》复刊，我爸调入报社。我爸在这个岗位上如鱼得水，三两天头地，他回家都会很高兴地告诉我，他又有一篇稿子登在了报纸上。我年方四五岁，对于世界理解有限，“稿子”和“登”这两个词都让我费解，前者让我想起我奶奶抽屉里那些药膏，后者的发音，让我很容易觉得是一个动作。

之后的许多年，我爸稿子登上大报都是我家的高兴事。

1984 年的某一天，我正在外面玩，我爸快乐地对我招手，说有个好消息，我的第一反应也是：你的稿子登上《人民日报》了？我爸说：“我们家买电视机了。”

那台 24 寸的大彩电，售价一千零四十元，还得要票，还得赶上商场有，就那么天时地利人和地凑齐了，是家中值得记一笔的大事情。

以我爸那样单纯又磅礴的工作热情，上稿率在单位里自然是突出的，但两三年之后，报社开始提拔干部，并没有考虑他。我还记得，我爸当时失落地说：“现在吃香的都是大学生，我们这些老转不行了。”

倒也不是谁特别针对他，那几年七七、七八届大学毕业生正崭露头角，人才辈出，大学生是全社会公认的天之骄子。

没有学历加持，写稿这个本事也黯然失色了，甚至还会惹来麻烦。有段时间，小城恶犬伤人事件频出，我爸写了一篇相关报道发表在省级媒体上。据说，此事激怒了本地某领导，加上我爸跟报社领导关系原本就不怎么样，他被一纸调令调出报社，调入某机关。

放现在，这是从事业编变成公务员，简直就是提拔。那年头没有这个意识，我爸的直观感受是他输了，胳膊拧不过大腿，但胳膊也可以有胳膊的骄傲，我爸的骄傲来自他能挣到钱。

我爸向来爱挣钱。

一方面，因为家庭负担重，我奶奶常年吃药，时不时还要住院；另一方面，当他感到怀才不遇“欲渡黄河冰塞川，将登太行雪满山”时，挣钱这件事能够给他某种成就感。

有人说，金钱有一点儿像上帝，是在权力之外，控制这个世界最好使的工具，甚至于权力也常常听命于金钱。我爸虽然挣不到那么多的钱，但是当他感觉到没有被单位公平地对待时，就会昂然说，没什么了不起，我挣的比总编 / 部长都多。

起初，他挣钱的方式不脱乡土本色，养过兔子—— 一笼一笼的安哥拉长毛兔，养在院子里，我爸下班就会去护城河那边的郊外割草，有时也带上我。割草的同时，他还对我指认蚕豆和荞麦。有一次，他还让我看一只螳螂，它绿得透明，悍然举着一双大刀，大眼睛愣愣的。

受国际形势的影响，兔毛突然降价，我爸把兔子卖了，养鹌鹑。有段时间，我们家早餐桌上总有三五个鹌鹑蛋。

他甚至还养过土鳖，想过种苜蓿草，买过一台针织机……搞钱方式流水般地更换，但有一样很恒久，就是写作。1994年，我去上海读书，学费加上生活费，单是生活费就六七百（现在想想，我确实也太能花了，但当时仍然觉得不太够），月入五百的我爸，是靠稿费供下来的。他每两三个月去一次邮局，左手取了汇款，右手寄给我。

为了提升上稿率，我爸买了台打字机，写稿之外，他也接打字的活儿。他所在的那栋楼上原本有个打字店，我爸的优势是顺便还能帮别人改稿，包括整理讲话材料，等等。他的业务因此频繁，我妈也参与了进来，下班就坐在桌前打字，以至于我妈不在家时，我耳边也会有“嗒嗒”的幻听声。

打出来的蜡纸，要到油印机上用人力印出来，活儿多时，我爸会忙到深更半夜。他的手指常年是黑的。有一天，他把手伸出来，笑着说：“两鬓苍苍十指黑”，我听得心里有点儿难受，曾几何时，他已经不再是当年那个好看的人。

我爸却主要是得意，甚至在单位里放狂言："部长又怎样，我挣得更多。"我当时觉得他高调得有点儿莫名其妙，现在想来，是他对抗这个世界的一种方式。他工作那么努力，得到的认可却很有限，不管在哪里，他都要给人让路，要给有学历的人让路，要给有背景的人让路，一让再让之后，这种狂傲，也许是他的一种自我保护吧。

然后就去了另一个部门。这一次，他待得比较久，虽然因为没学历、没背景，提拔依旧受限，好在渐渐地，排在他前面的人相继高升，他终于也熬成了一个部门小领导。职务不算高，但多少有点儿小小的权力，可惜权力这样东西，落到他手里，也是明珠暗投。

比如说，有次他和一位领导去南方出差，路途迢迢，要在某地中转。到了当地，领导的司机说，找个好点儿的酒店吧。我爸说，好赖不过一宿，对付一下就是了。费用是由我爸所在部门出，领导和司机只好由他。

结果我爸找的那个店条件简陋也就罢了，夜里还进了贼，把领导的裤子偷走了。老板娘跑到大门口，找回了裤子，领导赶紧去摸口袋里的钱包，当然是摸了个空。

我也是不擅长和领导交结的人，但想象此情此景，换我估计能吓够呛。咱固然不必去巴结领导，但也不要得罪人家啊。我爸回来后说起，却哈哈大笑，对受害者非常没有同情心。

那一路诸如此类的事还有很多，人领导高高兴兴出个差，愣是被我爸整成了荒野求生。公平地说，这个事，领导相当无辜，想住个差不多的酒店，吃得稍稍像样一点儿有什么问题吗？

我爸也不是有意整蛊，他常说自己是“泥人不改土性”，省吃俭用惯了，在他眼里，住得好坏真的没有差别啊。至于说会进贼，他不觉得是个事，睡前他把衣服都折好放在枕头底下，也提醒领导了，领导不听，他有啥办法。

这位领导卸任之后，我因为偶尔的机缘和他聊过几次，发现他读书甚多，待人接物都有些书生气，在官员里是比较令人愉快的那一类。只可惜和我爸没缘分，不过人与人之间，隔膜才是常态。

并不是每个领导都能像这位这样默默忍耐。我离开小城后，我爸在那个机关也待不下去了，重新回到报社，直到退休。

之后几年，我爸过得不怎么快乐，即便他不说话，我也能在他脸上隐隐看见怒意。后来他开始写作，写得废寝忘食，他现在身体不太好，可能都与此有关。

我能体会我爸的心情，一定有许多不甘。他这大半生，活得兢兢业业，工作上他热爱新闻事业，听到哪里有线索，总是第一时间赶到，为了写稿废寝忘食，名字频繁出现在各大报刊上；对于朋友，他慷慨热情，为人质朴，奉献多而索取少，人送外号老黄牛。为什么，他这样的人，总是要给人让路？总是处于下风？

他在乎的也许不是得到，而是他一直信奉的才能与奋斗，在别人眼里为什么这么一钱不值？被人家肆意踩在脚下摩擦。

我有次跟我爸聊到这个话题，我说他对世界认知有问题，我曾经听他饱含蔑视地评论某个人："他连四指长的小稿都写不了。"问题是，会写稿是你的核心竞争力，不是人家的，人家有的，是另外一些东西。人家觉得这些才是最重要的。

"我不要你觉得，我要我觉得"，这个话，不是人人都能讲的，普通人说了不算，这种铁律，不是通过努力就能跨越的。到了这个年纪，不如与世界握手言和，躺平拉倒。

我爸当时很不以为然，说我太悲观。我不想争论，打了一句哈哈了事。我拿来打哈哈的那句话，就是网络上比较红的，“悲观者正确，乐观者前行”。

用这句话终结争论真是再合适不过了，既不得罪对方，也不放弃原则。

有一天，我想，但悲观真的正确吗？

那是在我娃某次期末考试成绩出来时，他考得不太好，他的好朋友考得也不太好。好朋友的妈妈打电话给我，各种诉苦，感觉天都要塌了。我说一次考试成绩不能说明什么啊，其实考试成绩本身也不说明什么，不要太悲观，悲观是无益的消耗，只会堵死自己的路。

说着，我忽然想起我爸，从根本上，我和我爸一样，是一个乐观主义者，我们凭借着乐观，走过艰难的道路，同时将自我保全。这一点，尤其体现于育儿这件事上。

我爸退伍时，我两岁多，我爸每天下班回来，就教我识字。我再长大一点儿，如果他到家时看见我在读书，会奖励我一颗糖。

于是出现了滑稽的一幕，傍晚，正在玩耍的我忽然冲进房间，拿起书就大声朗读。外面我妈和我姥姥哈哈大笑，原来并不是我爸回来了，是她们用扇子扇炉子的声音太像自行车轮声了。

我阅读能力再强一点儿时，我爸给我买来很多童话书，其中一本叫作《童话学》。那些理论对于一个才五岁的孩童来说，实在太高深了，但援引的例子还是让我看了很多遍的。

我写的每一篇作文，我爸都会细读。上初二时，一首奉旨而作的朗诵诗让我爸惊为天作，当晚送到他的同事、副刊编辑王秋生家中，王叔看了也说好，这是我发表的第一篇作品。

那时，我已经开始偏科，语文前几名，数理化只能考几分。到高二时，我不愿意无端消磨光阴，决定退学，把自己培养成一个作家。

我每天仍旧背着书包出门，到近郊的坝子上溜达，路上人迹稀少，不大会碰到熟人。然而天越来越冷，快下雪时，我瞒不住了，跟我爸坦白了。

我爸问："你将来不会后悔吗？"我说："不会。"我爸说："那好。但是你这么小，也没有生活基础，待在家里写作是不行的，我去打听一下，你这种情况，有没有学校可以读。”

我们一开始想去南大作家班，那个班总不开学，等了大半年，得到的消息是明年才开学，而且学费好像是一万左右。是的，就是这么贵，我现在都记得，当时我也感到了压力。

我们不想再等，我爸托人去问复旦大学，很快得到消息，复旦大学有个作家班，虽然这作家班已经开学一个多月，但他打电话去问了，可以插班入读。我爸决定第二天就带我去。

正好有个叔叔第二天去蚌埠出差，蚌埠当时是铁路枢纽城市，去上海的车会相对多一点儿。我们决定搭他的车先去蚌埠。

谁想我坐不惯轿车，车行不久，就吐得一塌糊涂，我爸只好带我下车，在路边等来一辆大巴，招手拦下，站着来到蚌埠火车站。到那儿就见乌怏怏地都是人，排了很久的队，才买到两张当晚的站票。

那是我平生乘坐的最拥挤的火车，之前，我从不知道，人可以被压缩到这种程度。厕所里站着人，座位底下躺着人，我们几乎是踮着脚站在走道上，不用扶任何东西也不会跌倒。

时不时有乘务员推着售货小车径直走来，一些人只好脚踩座位旁边的栏杆，双手抓着货架，将自己悬空起来，但这还是激怒了那个乘务员，她叫道："赶紧下来，瞧你们跟个壁虎似的。"可是，你让人家朝哪里下呢？

就在这一团混乱中，我和我爸大着嗓子，谈王安忆、王蒙，也谈当时最红的余秋雨，谈我的下一步，美好的明天正在徐徐展开，几乎完全将乱糟糟的当下覆盖。

凌晨五点，我们到达上海站，站前广场上天色清灰，下面是楼群，又高又冷。我心里的那点不确定生出来，我忽然不敢乐观，明白自己踏上了一条不可以回头的路。这条路人迹罕至，我不确定自己是否走得通，我知道我在冒险，我怕我爸不知道我在冒险。

像刘姥姥似的一路打听着，换了两趟公交车，我们来到邯郸路上的复旦大学，报了名，交了厚厚一叠学费，领了蚊帐什么的，我爸带我来到宿舍，帮我铺床挂蚊帐。宿舍里有两个女孩子，都是作家班的，很热情，我爸操着家乡话跟她们交谈，我却感到一丝不安。

就像林妹妹初入荣国府，生怕走错了路说错了话让人耻笑了去，我爸这么高门大嗓的一口家乡话，她们会作何想？然后，我又看到旁边的空床上，挂着一件特别时髦的连衣裙，我想睡这张床的，一定是一个特别洋气的女孩子，她很快就回来了吧，她会有怎样的眼神。

我催着我爸回去，我们下车时他已经买了返程票，我奶奶那段时间身体不好，他不太放心。同屋的女孩子有点儿不忍，说叔叔太辛苦了，让他先在这休息一下吧。我爸犹豫着，想去小卖部帮我买点日用品，但又担心去车站的路不熟，耽误了火车，就把口袋里的钱都掏出来，留了几十元钱零钱，剩下的都给了我，就离开了。

那个晚上，站在窗口，对着大片的黑夜与凉风，我哭了。想着还在火车上颠簸的父亲，他有没有座位，能睡上一会儿吗，他如此辛苦地将我送到这里来，最后会不会被证明尽是徒劳？我赤手空拳站在这里，真的能给自己打开一个未来吗？

后来我爸说，返程的火车上，人倒不是很多，他一上车就趴在小桌上睡着了。朦胧中感到有三拨小偷光顾过，翻他的口袋，他头都不抬，就那么几十元钱，贴身放着，小偷偷不去。

下了火车，也是凌晨，没有公交车，旁边的三轮车招揽生意，他一问，要三元钱，决定走回去。

一路走着，又渴又饿，看到路旁有卖烧饼的，他买了一个烧饼，再走几里，看到卖茶叶蛋的，再来个茶叶蛋，但吃下去后还是饿，于是又买了一套煎饼果子。他平时不吃小吃，这次发现这煎饼果子真好吃。这些东西加一起，正好三元钱。

我爸说的时候大笑着，似乎很满意，又有点儿自嘲。

留在上海的我没有这份豁达，我这人有点儿敢做不敢当，牙一咬眼一闭都跳下去了，掉到半中间开始害怕，害怕不能成功又没有工作，无法谋生，过着朝不保夕的生活。

一年半之后，我从上海回到家乡小城，确实也经历了一番颠沛流离，经常深夜睡不着，害怕这种处境会延续一生。

我爸似乎看出了我的恐惧，有次跟我说：“不用急，你老爸除了工资，还有稿费，再养活你一二十年不成问题。一二十年，你总能写出来。”

现在想起他这句话，还是觉得很感动，感动于爱，也感动于信任。换成我自己，都没法在这么长的时间线上保持信心，可能会在孩子退学的那一刻就崩溃了，但是崩溃毫无意义，乐观才有无限可能，也才是唯一正确的。

如今我爸的各种不平、不甘，那种形之于色的忧愤与彷徨，何尝不是一种乐观，在他心中，依然有个对的世界，他的各种努力，都是要把那个对的世界找回来，包括写作。不管经历多少打压，都不放弃对那个“对的世界”的坚持，这是对自己生而为人的一种尊重。

在整理我爸书稿的过程中，我看到了这份乐观的来处，从我爸追溯到我爷爷，再追溯到我爷爷的父亲，那个一百多年前拼命逃离饥馑的山东人。他贫穷、平凡，随时会因任何自然或人为的灾难死去，但他一路疾行，揣着爱，揣着不甘于被命运倾覆的宏愿，揣着以乐观为底色的勇气，沿着大江大河，抓住一线生机，将生命延续下来，一直到我和我的后代。

我原本对于寻根这类事毫无兴趣，但是此刻，我不得不承认，一切的果都有因，现在的自我，也自有来处。

我真高兴，我的来处是由那样一些美好的东西汇聚而成的。我要感谢我爸，在他垂暮之时，他拼尽全力写这本书，告诉我这些事，这也许是他给予我的又一样宝贵财富。

纺织厂女工

隐秘之所

我妈在纺织厂工作，这儿曾是小城里最大的工厂，现在已经破产。我妈说，破产对他们这些退休老工人来说，不是件坏事。她说了些理由，我没有听明白，总之，她对工作以及生活了几十年的那个厂区的没落，没多少感触。

工厂极大繁荣的年代，机器声终日轰鸣，走在大街上都能感到震动。厂里的女工，不但有像我妈这样从农村招来的，还有很多是上海下放的知青。

这些知青在本地扎根，生儿育女，每年回一次上海老家。工友托她们带回最时髦的日用品。在我的童年，那双被我踢踢踏踏穿了好几年的红皮鞋，就光荣地来自上海。除此之外，我还有一件大红的滑雪袄，我仍然记得，在某个刚刚寒冷的日子里，刚下班回家的妈妈，高兴地把那件明显太长的袄子，披到我的身上。

太长了，所以并不好看，后来我长高了，它变得合身了些，还是不好看，到那时我们才看出来，它压根儿就不是一件好看的衣服，与合不合身无关。不过我都穿了好几年了，也无所谓了。

上海人还给我捎过一条喇叭裤，桃红色的，裤腿上有绣花，时髦之极。我穿着它去奶奶家，特意跑出院子，走到公路上去，希望每个路人都能注意到我的裤子。我舅爷吓唬我，说，“警察会把你当小流氓抓走的噢……”

那时，我妈还挺喜欢打扮我的。六岁之后，我妈对于我的穿着，突然转变成了心灰意冷的潦草。要么是从我小姨那里接过来的旧衣服——我骨架大，撑得起；要么就是不知道从哪里弄来的，比如某年的新年，我妈拿了一件绿军褂给我蒙袄，那会儿是流行绿军褂没错，但必须是比我大一点儿的女孩子，才能穿出那种酷酷的痞气，再说，那件衣服上还有个补丁。

我妈后来更重视我的吃。我自小挑食，不吃葱姜蒜，还不吃猪肉。在普通的汉族家庭的餐桌上，猪肉是荤菜里的主力，这让她非常头疼。她的补救之道是每天炒两个鸡蛋埋在我碗底，再手疾眼快地将餐桌上猪肉之外的所有好吃的，抢到我碗中。

上海人带来的巧克力之类，她藏起来，见家里没人——主要是我弟弟不在家时，塞给我一小块，一盒巧克力我可以吃上半个月；家里偶尔吃个鸡，两个鸡大腿早早被剥了皮，放进我碗里，我妈还目光灼灼地盯着盘子，看见“好肉”就夹给我，武林高手般迅疾。我弟弟终于不乐意了，把饭碗一推，哇地大哭起来：有什么了不起，不就是个小女孩儿吗？娇宝贝！

其实有些东西我也不爱吃，比如鸭子，到现在我都觉得鸭肉很腥。那些鸭心、鸭肝、鸭大腿，我实在吃不下去啊，磨磨蹭蹭，等全家人都吃罢离席，我妈洗碗去了，我迅速地把那些东西放口袋里，转身塞到抽屉的最后一格。

那时实在太小，不懂得怎么进一步销赃，还有点儿鸵鸟心理，好像我看不到，那些东西就不存在了。但心里清楚地知道，那些食物正在抽屉最里面的一格变质——还好是冬天，不容易腐烂。惶恐地过着一天又一天，最快乐的时候，也会记起这心结，直到，它们终于被我妈勃然大怒地发现。

抽屉最里面的一格，是 20 世纪 80 年代每个家庭的隐秘之所。我妈也在那里面藏东西，有一天，我妈对我说：“抽屉里有些糖，你拿去吃吧。”我打开抽屉，是我最喜欢的大白兔奶糖，我很快把那些糖都吃完了。我意犹未尽，却也未抱希望地把抽屉全部拉开，哈，里面竟然还有很多大白兔，我抓起来，一个一个地全部吃掉。

第二天，我弟弟也在家，我妈对我说，“你把抽屉里的糖拿出来你俩吃了。”我说：“让我吃完了。”我妈说，“里面还有呢！”我窘迫地说：“也让我吃完了。”

三尺之内是禁地

我有时猜在我弟弟的记忆里，我妈一定更偏疼我一点儿，但是，从童年到少年，甚至直到青年时代，我都在羡慕别人的母亲。近的是我同学葱葱她妈，那么温柔，葱葱经常跟我描述她是怎样恃宠而骄；远的则有那些知名作家的妈妈，比如三毛和冰心的妈妈。我甚至得出个结论，要想成为一个女作家，必须有个温柔的母亲（当然现在我不这么认为了）。所以，我沮丧地想，我这辈子是当不成作家了，因为我妈，也太凶了。

我记忆中总有一个片段。我让我妈下班给我带粉笔，她没有带回来，我扑在我妈怀里，扯着她的衣服胡闹，我妈笑着说："哎呀，妈妈快要死了！"我们嬉笑着打成一团。那时我多大？两岁？三岁？不记得了，我只知道，这是我记忆里唯一一个和我妈嬉闹的片段，其他时刻，我妈就像一只惹不起的老虎，一触即发。

有一回，我妈给我听写，我写错了一个字，被我妈骂了几句，她骂完了，消了气，就拿糖给我吃。我情商没那么高，多少有些手足无措，一时间竟恼羞成怒起来，"啪"地把糖打到桌子上。太不识好歹了！我妈勃然大怒，伸手就是一巴掌。

经常会因为小错误挨打。比如，中午踮起脚，走进房间，极轻极轻地去拉五斗橱上的抽屉，抽屉还是发出了一声令我魂飞魄散的闷响，这响声惊醒了正在睡觉的妈妈，不消说，又是抓过来一顿打。从那时起，我就知道生活不是可以控制的。

凭良心说，我挨的打，最多也就是落在屁股上，跟我弟弟还是没法儿比的。也许我妈觉得小男孩儿更扛打，生起气来那是连拧带掐，且捡大腿上最嫩的地方，一通教训下来，大腿上青一块紫一块的，触目惊心。

那年春节，我弟弟偷拿了他被我妈“暂时保管”的压岁钱。整个年下我们姐弟俩吃香喝辣的，大手大脚地买花炮，在小城的大街小巷里晃荡。元宵过了，问题来了，我妈后知后觉地发现失窃了，我弟弟是主犯，我算是知情不报，双双受罚。我弟弟挨打时，那叫一个鬼哭狼嚎啊，闻者悚然。轮到我了，惩罚轻得多，我妈法外施恩是其一，其二是当时我姥姥在我家，大大地给我说了些情。事后，我姥姥对我说，要不是我，你看你得挨多狠！

只有我妈上中班时，我们会感到些许轻松。纺织厂实行三班倒，早班是从早到晚；中班是下午去，半夜回；晚班是半夜去，中午回。我们最不喜欢我妈上夜班，这意味着她整个下午和晚上都在家，早班说起来白天不怎么在家，但是对于已经上小学的我和弟弟来说，漫长的夜晚，才是一天里的黄金时间，我们可不愿意让这段黄金时间，处于我妈的虎视眈眈之下，所以中班最好。后来我妈因病改换了工作岗位，上常日班了，我和弟弟连这点空子也钻不成了。

我和弟弟似乎十分冷血。但对于当时的我来说，我妈周围的三尺之内都是禁地，偶尔靠近，便有杀气袭来，锋芒在背，分外的局促。

有一次，我妈生病了，在房间里呕吐。我不知道该怎么办，走进房间会不会讨一顿骂？病中的她，余威不倒，连那呕吐声，都带着强大的气场，似乎一秒钟就可以转变为咆哮。

我在房间外面踟蹰，听我妈伏在床上呕吐，实在听不下去了，才走进房间，把她呕吐的那个盆倒掉。端着盆出去时，我妈在身后冷笑道："你都不敢进来了，我将来老了还想指望你？"我没吭声，端着盆出了门，现在想来，我妈那一刻的心应该很冷，以为我是怕侍候她，却不知，弱小如我，不过是心有余悸而已。

偶尔的温柔，出现在我十八岁之后，那一回，我妈患了梅尼埃病，在医院里住着。我拎了饭盒去看她，她什么都吃不下。旁边那张床上的病人家属带来了韭菜鸡蛋馅饼，大大的一块，韭菜郁绿，鸡蛋金黄，面皮上煎出褐色的小斑点，香喷喷的，整个病房都闻得到。

我妈看了他们一眼，我明显地感觉到我妈对那个馅饼有兴趣。我有了点儿说不上话来的感觉。之前，我妈从来没有显示过她想吃什么，她永远在吃剩饭，或是在我吃过的残骸里敲骨吸髓地剔出最后一点儿精华，以免浪费。她特别看不起馋嘴的女人，她的饮食态度，近乎“存天理灭人欲”。

我妈望向馅饼的目光，第一次把她变成了一个小女孩，陌生的小女孩。我跟她说：“我去帮你买一个吧？”她点了点头。馅饼买回来，我妈没有立即吃，她似乎也有了些感触，看着我身上的衣服，用前所未有的温和声音说：“等我好了，给你做件红大衣去，长的那种。”

她未被这世界温柔相待

后来我出去上学，放暑假时我爸总叮嘱我晚一点儿回来，他说：“你妈脾气不好。”我心领神会地在学校里拖延着。工作之后，依然经常被我妈骂得灰头土脸的，甚至我都来合肥了，几个月回一次家，还是会被我妈骂得气急败坏地逃出家门。路上碰到发小，他感兴趣地打量着我，说："你气色怎么这么坏？好像被人打了一顿似的。"

不过这些我已经习惯了，反正我已远走他乡，我妈的性情也在衰老中逐渐变得温和起来。

2007 年，我爸遇到了一场大麻烦，几乎要倾家荡产。这麻烦还没结束，我姥姥又摔断了腿，大小便都不能自理。把我姥姥送进医院的那一晚，我失声痛哭，而我妈，这命运的直接承受者，在灯下慢慢地说，她想好了最坏的结果，大不了到街上卖小吃。她用心料理我姥姥的生活，对身边人无一句怨责，总说，他们又不是故意要这样。

我不由惭愧。我比我妈，过得要好很多，我与那灾难还隔着一层，为什么，非要比她更不快乐？是我要求得太多了吧，我想要很多很多的爱和很多很多的温柔。

我妈不温柔，因为她从未被这世界温柔对待。

她生下来才五个月，我姥爷和姥姥就离婚了。很快，我姥爷再娶，陆续又有六个儿女，我妈跟我姥姥过，我姥姥原本就是个暴躁的人，离婚之后变得越来越暴躁。我妈回忆，她三四岁时，大夏天，她跟我姥姥一块儿赶路，我姥姥人高马大，走得飞快，她追不上，我姥姥也不抱她，皱着眉头丢回一连串咒骂。

我姥姥逼她去找我姥爷要钱，她怯怯地贴着墙根，看过继母的脸色，来到她爸面前，低低喊一声，她爸瞥她一眼，叹口气，递过几个小钱，也没有别的话说。由于我姥姥跟她前任婆婆屡发冲突，回家的路上，我妈经常被叔叔们围起来骂，多少年之后，她说，想想那会儿，还挺可怜的。

终于参加工作了，每月的工资都交给我姥姥，终于结婚了，捉襟见肘的经济条件，多少年都过不上安生日子。

为了让家里经济更宽裕些，她下班之后还要帮别人打印材料，通宵达旦，上班都变成了休息，有段时间干脆请假在家里干活。好多个傍晚，我放学归来，一盏低瓦数的台灯下，我妈茫然地回过头来，仿佛在一个人状态里太久，有动响的世界都变得陌生了。有一次，她说自己不用再买新衣服了，又不出门，穿给谁看呢？许多年后，她对我说，女人一定不能待在家里，不然整个人都会“朽”掉，可就算快要“朽”掉了，她也未曾有一句抱怨。

她也不跟她父亲计较，逢年过节殷勤探望，那些欺负过她的叔叔们，时常来我家走动，她做一桌子菜，再尽己所能地打开一瓶好酒。说起过去的恩怨，我姥姥咬牙切齿，我妈却只叹一句：“唉，人不就这一辈子吗？老记着那些事儿干吗？”她轻轻松松地放下，高高兴兴地过日子——我和弟弟结婚后，她很少像过去那样疾言厉色了。最糟糕的日子里，她依然觉得命运待她不薄，起码我和我弟弟过得都还好。

我妈是对的。多和少，其实是个比较的问题，你希望得到的多了，自然就觉得自己得到的少了；同时，多和少，还是个感觉的问题，你觉得自己得到的少了，你拥有的，就真的少了。命运给我妈的礼物不算多，却给了她这点儿智慧。

我爸、我姥姥的那些麻烦很快就过去了，一切并没有像我们预想得那么糟，要是早早透支了惊惧绝望，岂不是亏大了？

但还是常常很心疼她。有时她来合肥，回去时我送她，送到火车站，还是不放心，怕哪个环节会出错，要看到她进了检票口；看到报纸上有中老年妇女上当或是被人欺负的事，赶紧给她打个电话。在我心里，她的“气场”一点儿一点儿地消退，还原成一个小女孩：在医院里出现过一次的，想吃韭菜蛋饼的小女孩；童年的月光下，刚看完继母的脸色，听完父亲的叹息，又被叔叔们围着欺负的小女孩；若干年前的大夏天里，怎么用力也追不上母亲的脚步的小女孩……每一个小女孩，都应该被好好宠爱。

我妈对我，也比从前多了些惦记。有次我去内蒙古，出了蒙古包，手机显示四五个未接电话，都是我妈打来的；打过去，她解释着：“刚才老打不通，我吓坏了。”我偶尔说起要买车库，她说：“我和你姥姥的本子（工资存折）上还有点儿钱，我给你送过去？”她还像当年一样，虽然难免被重男轻女的风气影响，但在她能做到的范围内，总想多给我一点儿，不管我是否用得着。

我姥姥去世之后，我和我妈有过几趟出行，曾见很多人吐槽带父母出门一路摩擦不断，子女和父母早已成为最熟悉的陌生人，但我发现我妈是最好的游伴。首先，态度好，去哪儿都很高兴，没有非去不可的景点，对所到之处都怀有好奇和乐于发现之心；其次，体力好，能跟我日行万步而毫无倦意；最后，头脑好，一路帮我拾遗补阙，还能随时指点方向。

吾友思呈君有一首诗，说如果有来世，想跟妈妈成为姐妹，“有陪伴，不纠结，有相知，没恩怨，有时顶顶嘴，很快又和好。一切都是容易承受的快乐，不甜不咸，不轻不重”，我何其幸运，有能跟我妈像姐妹一般相处的时日，人生常常就是这么一转，就到了你未曾预想过的境地。

等我和我妈都再闲一点儿的时候，我想换一辆更适合远行的车，带着她，沿着边境线旅游，我们会不会是一对最酷的母女？最初的爱里曾千疮百孔，我们以自己的能力修复到柳暗花明，这让我对这个世界上各种不完满的关系，都多了一点儿期待与信赖。

我妈这人爱学习

年前我妈宣布她要学车，我先替她暗吸了口凉气，当年我学车时诸多艰难尚历历在目，倒车入库，上坡起步，百米加减挡……每一项后面还要以括号备注上教练的坏脾气。如果不是生活所迫，学车这种事，不做也罢。

我跟我妈说："你又不上哪儿去，在城里转悠，你那电动车就够了，朝哪儿一停，还不怕交警贴条。"我妈说，她也不打算开车，只是，多学个技术，总不是坏事吧。

她这么一说，我也不说什么了，我记起她是一个爱学习的人。对于一个爱学习的人，艰难险阻是突破的可能，教练的坏脾气更无须放在心上，学习是她的幸福之源，在多风雨而少彩虹的人生里，不断地给她提供快乐、自信与忘我的力量。

三十五岁之后，我常有淡淡惆怅，我还没有喧嚣华丽地活过，怎么就这么老去了呢？这种喧嚣华丽倒不是指鲜衣怒马声色奢靡，而是去很多地方，做成有价值的事，把自己活成一个有故事的人。

用这种眼光回望我妈的平生，发现更加荒芜，如果说我的人生里还有各种小确幸如萤火般细碎飞舞，我妈的人生，就如浩荡空茫的长路，因为无所有，而能够一眼望到尽头。

缺失自婴儿时代而起，我妈出生于1951年2月，在她出生的大半年前，新中国第一部婚姻法发布，婚姻法首先提倡婚姻自由，而婚姻自由的另一面，是离婚自由。当这新鲜空气吹到淮北平原，机关里掀起了离婚大潮，干部们纷纷除旧迎新，我姥爷倒不是那种无情无义的人，但我姥姥脾气不好，把婆家人全得罪光了，我姥爷家族趁机施压，我姥爷就坡下驴，半岁多的我妈，被法院判给了我姥姥。

我妈说，她小时候最怕听到别的小女孩儿说“俺爸给我做啥了”这样的话，人家都有个“俺爸”，她没有。她对父亲的概念，就是每每她在母亲的威逼下，一步三挪地到他跟前跟他要钱的那个男人。他“吧嗒吧嗒”地抽着烟袋，重重地叹气，从口袋里摸出钞票，递到她手里。

父亲形同虚设，母亲则是个非典型。我姥姥不能说没有爱心，只是不懂得温柔为何物，我小时候也是在她老人家的“管治”下长大，差不多可以知道我妈的处境，如今“原生家庭”一词被高频提起，连我对我的原生家庭都多有抱怨，但看看我妈的原生家庭，真是一塌糊涂。

她这辈子也没有什么钱。十八岁被招工进城，进了纺织厂，工厂里成日机器轰鸣，空气混浊，一个纺织女工一天要在流水线上奔跑十五公里。后来嫁了我爸，我爸虽然是个知识分子，同样来自赤贫之家，负担沉重，家中长年累月捉襟见肘，有几年又有各种变故，到现在才算好了一些，但我妈的退休金依旧不到两千元钱，甚至不如在乡镇卫生所做过护士的我姥姥退休金多。

在这样先天不足后天又多有负重的人生里，自然很难有所作为，在自我实现这一栏，我也没法给我妈填上更多内容。

从各个角度看过来，我妈这辈子过得不算好，到如今都六十五岁了，仍然上有八十多岁生活不能自理的老娘，下有四五岁的小孙子，不像很多同龄人，尚有闲暇去打个小麻将。但目睹我妈这大半生，我发现她常有一种愉悦感，是的，我用了“愉悦”这个词，而不是高兴，相对于高兴，愉悦的快感里，是带着一点儿充实感的，让我妈不觉得此生虚度的原因是，她是一个爱学习的人。

前面说了，我妈那个爹，跟没有也差不多，我姥姥也没什么文化，我妈早期教育一般，似乎只有高小文化。但我妈很留心别人的长处，跟我爸结婚后，我爸喜欢看书、看小说，他订的文学期刊，我妈也拿过来看，看着看着就上了瘾。待我记事起，每月杂志寄到那几天，我们家的饭桌上，总是同时开着小型的文学讨论会，我爸妈会把他们在千头万绪中忙里偷闲看过的那几节讨论分享，我对文学最初的兴趣，也是从这种讨论中来的吧。

等我长大一点儿，我妈开始跟我一块儿看三毛、张爱玲以及民国作家徐訏等人的小说。她对三毛不大感冒，喜欢徐訏那种不疾不徐的叙事方式，一度对张爱玲很着迷，看完了却感慨她太“独”，警告我说：“你可不能像她那样。”

看得多了，我妈也写，写乡村往事，童年记忆，在我爸的指点下投稿，居然也屡有发表。当时，我妈因为身体不好，获得了调出车间去办公室做勤杂工的福利。勤杂工主要是打扫卫生，总是静默地来去，唯有收发员时不时地一嗓声，奔去拿样报与汇款单的我妈才有了存在感。

还有些技术活，对于我妈也不在话下，电脑打字机刚流行时，我们家也置办了一台，一来为我爸写稿方便，二来时不时还兜揽一些为其他单位打印的活，算是家庭副业。开始主要是我爸操作，后来我妈看着技痒，一边做家务一边“王旁青头兼五一”地背诵起来，三五天之后，居然能见字拆字，让费了好大劲儿才学会五笔形的我爸佩服不已。

这几年微信流行起来，我妈不甘心被时代抛弃，我给她买了平板电脑，从没有学过拼音的她，就成天在键盘上戳戳点点，很快她不但能用微信在节假日发送祝福，视频聊天使用各种表情符也不在话下。

学习对我妈是一种生活态度。她到亲戚家，会注意人家怎么收拾房间；跟人谈话，会想到吸收有效信息；连看韩剧，她都注意吸收正能量，曾经还很认真地跟我说，韩国人的理念是不要活得长，只要活得好，所以她不关心旦夕祸福，只要眼下的一时一刻都能活得高兴。

我有时笑我妈，简直就是一本人形鸡汤。然而鸡汤这种东西能被人一说再说，正是因为它是个人人都愿意说而不愿意做的东西，我妈一生能身体力行，我将她与我自己做个对比，发现她比我更多一种勤奋。

这种勤奋不是“头悬梁锥刺股”“三更灯火五更鸡”的不眠不休，而是勇于拥抱人生本身的热情。前面我说了，我觉得自己没有喧嚣华丽地活过，没有去过很多地方，做成很多事，我所言者，皆是结果。我是为了那结果，去忍受各种过程，为了降低我的忍耐成本，我会想要投机取巧，试图以小博大，时而得意窃喜，时而灰心丧气。

获得比较多的人，容易沦为目的主义者，只因“获得”本身太诱人，如果你获得的足够多，你就不用去看各种脸色，躺在悠闲上，躺在欲望上，看天看云，这或者是我们都爱说“财务自由”的原因，这四个字就像挂在驴子鼻子前面的胡萝卜，引诱我们硬着头皮上前去。

我妈没有获得的机缘，她成了一个过程主义者，结果并不重要，她先行一步地，发现了过程中的愉悦。这种愉悦感无须依凭，自给自足，不看别人脸色，也不用跟谁比较，成功感来自日复一日对于自我的超越，即使周围兵荒马乱，她依然能够自洽。

我妈因此而一生保持一种有尊严的安全感。我爸这人是个妇女之友，对于女性有较多的同情，经常有女同事登门或是致电跟我爸讨论各种人生难题，我妈从未有丝毫介怀。我读小学时，班主任对我家情况比较了解，有次居然在班上说：“闫红的爸爸是个知识分子，妈妈是个工人，但她爸爸从未嫌弃过她妈妈。”我当时听了只觉得暗暗吃惊，我从不曾觉得我妈就低我爸一等，至今我爸说起我妈，总是不吝赞美吹捧之词，我想这除了“老公眼里出西施”，也是因为我爸确实折服于我妈的“人格魅力”吧。

我妈在钱这件事上也表现得比我体面。缺钱是一件事，被缺钱这件事弄得心烦意乱是另一回事，我妈曾说，她以前最看不上那些每到发工资的日子，就在财务室门口一遍遍打听的同事。别人跟她借钱，不还她也不会讨要，她将情分看得比金钱更重要。这几年，家中经济好转，有限的一点儿钱，已经能够让她活得像个“有钱人”的样子，听说亲朋好友需要，便慨然拿出。那些让很多人耿耿于怀的东西，都不能引起她情绪的动荡，她不怕穷，不怕老，不怕没人爱，也不怕不赶趟。

世间有很多愁苦，都是闲出来的，这种闲，不是无事可做，而是没有推动自己上前的勇气，便以各种杂事推诿，装作时运不济，装作为爱所困，装作自己原本可以伟大只是诸事阻隔，获得虚假的满足与安慰。我妈是一个与命运劈面相逢的人，不曾被她的命运击倒，虽然她也常常感慨自己这一生无所作为，但是我觉得她这种活到老学到老且不惧任何处境的精神，就是她的了不起之处，能首先救赎自己的人生更伟大，她也是我身边一个伟大的人。

最后多说一句的是，通过我妈坚持不懈并饶有兴味的努力，驾校考试，她连过两关，拿到驾照指日可待。喜讯传来，我对某人说："你知道我妈年过六旬为什么还要考驾照吗？就是为了磕碜你们这些年纪轻轻不肯学车的人！"某人翻个白眼，灰溜溜地走开了。

图书在版编目（CIP）数据

山河故人 / 闫振田著 . -- 北京：华龄出版社，2023.9

ISBN 978-7-5169-2600-0

Ⅰ . ①山… Ⅱ . ①闫… Ⅲ . ①散文集－中国－当代 Ⅳ . ① I267

中国国家版本馆 CIP 数据核字（2023）第 167902 号

山河故人

作　　者　闫振田
责任编辑　冀　晖　唐嘉唯
责任印制　李未圻
策划监制　小马 BOOK
内文制作　刘龄蔓

出版发行　华龄出版社 HUALING PRESS
社址　北京市东城区安定门外大街甲 57 号
邮编　100011
发行　010-58122255
传真　010-84049572
承印　定州启航印刷有限公司
版次　2023 年 10 月第 1 版
印次　2023 年 10 月第 1 次印刷
规格　787mm × 1092mm
开本　1/32
印张　8
字数　95 千字
书号　ISBN 978-7-5169-2600-0
定价　58.00 元